Paul Kummer

AF235813

Tyrannei der Gedanken

Das Buch:

Würdest du merken, dass das Leben erbärmlich ist, wenn du
es nicht anders kennst?

Aufstehen, arbeiten, sich an der Bar die Zeit vertreiben und
die Nacht hindurch von Alpträumen heimgesucht werden.
Schon so lange er denken kann verlaufen die Tage des 18-
jährigen Daniel nach diesem Muster, bis sich sein ganzes
leben in nur einer Woche ändern sollte. Er macht die
unheilvolle Bekanntschaft einer jungen Frau, die ihn auf eine
Reise in einen Teil Utopias mitnimmt, von dem er nichts
ahnt und die die Fassade, die er sich sorgsam aufgebaut hat,
ins wanken bringt. Jedoch muss er bald feststellen, dass sich
hinter der Fassade viel mehr verbirgt als er geahnt hat.

Der Autor:

Paul Kummer, geboren 2002, ist ein deutschsprachiger
Schriftsteller und Musiker. Inspiriert von Autoren wie
George Orwell und Stephen King, spiegelt sein Debütwerk
auf nüchterne Art und Weise die Abgründe des Menschseins
wider. Geprägt von Metaphern und philosophischem
Diskurs, versetzt er den Leser in eine scheinbar unwirkliche
und abscheuliche Welt, die von der unseren jedoch gar nicht
so verschieden ist.

Paul Kummer

Tyrannei der Gedanken

Dystopie

© 2020 Paul Kummer

Herstellung und Verlag: BoD – Books on Demand, Norderstedt

ISBN: 978-3-7526-6235-1

Bibliografische Information der Deutschen Nationalbibliothek:
Die Deutsche Nationalbibliothek verzeichnet diese Publikation in der
Deutschen Nationalbibliografie; detaillierte bibliografische Daten sind
im Internet über http://dnb.dnb.de abrufbar.

Allen Menschen,
die Leid, Trauer und Hoffnungslosigkeit
ertragen mussten oder müssen

Es ist meine Schuld,
meine ganz persönliche Schuld,
dass die Welt elend ist.

Fjodor Michailowitsch Dostojewski

EINS

Es war eine kühle Frühlingsnacht, kühler als sie für gewöhnlich zu dieser Jahreszeit waren, in der sie ihr Lager in einem der vielen Wälder der Region verlassen mussten. Zwischen den dicht gewachsenen Nadelbäumen hatten sie jahrelang jeden Schrott und allen Unrat zusammengetragen, den sie finden konnten, um sich eine Festung inmitten der ewig währenden Wildnis zu schaffen, in der sie lebten. Doch als er zurück sah, blieb nichts von seinem Zuhause von der Zerstörung verschont. Durch manche zuckenden Zungen des Feuers glaubte er diejenigen zu sehen, die seine Welt dem Waldboden gleich gemacht hatten. Sie schienen nach Vorräten zu suchen. Sie schnappten sich hastig alles was sie greifen konnten und verschwanden, so schnell wie sie gekommen waren, wieder im Gestrüpp des Waldes. Er rannte weiter, versuchte keinen Gedanken daran zu verlieren, was soeben geschehen war. An seiner Seite Melina. Sie rannten weiter, immer weiter, tiefer in den Wald. Im Hintergrund die Rufe der anderen, die es nicht rechtzeitig aus ihren Zelten geschafft hatten, bis selbst diese Schreie voll niemals zu enden scheinender Qual schließlich verstummten. Er überlegte, ob sie einfach so weit gerannt waren, dass der Schall es nicht mehr schaffte, sie weiter zu verfolgen. Ob sie zurück könnten, den anderen helfen? Aber er war sich sicher. Seiner Familie war nicht mehr zu helfen, die Angreifer ließen keine Gnade walten. Die zärtliche Hand seiner kleinen Schwester glitt aus der seinen, als eine der Bestien mit einem Stock ihren Schädel zerschlug. Und was könnte er schon tun, wenn er zurückkäme? Er rannte weiter, getrieben von seiner Angst. Er stolperte über eine Wurzel, die in den Gräsern der Wiese, am Rande des Waldes, verborgen lag, stand wieder auf und rannte weiter. Er wunderte sich, wieso er keine Schmerzen spürte, doch es war wohl das Adrenalin, das seine Sinne verstummen ließ. Und so rannten sie, er und Melina, weiter, hinaus aus dem Wald, über eine Wiese und wieder hinein in einen anderen.

Im nächsten Augenblick schienen sie im Herzen einer Stadt zu sein. Zugegebenermaßen eine hässliche Stadt. Heruntergekommene Baracken, die auf den Fundamenten einer vorherigen Zivilisation standen und rissige Asphaltstraßen, aus denen das Unkraut spross. Doch es war eine Stadt und die beiden Geflüchteten hatten nie zuvor eine derart große Siedlung gesehen. Sie kannten nur ihr Lager im Wald, in dem sie und sieben andere lebten. In den Straßen dieser Großstadt schienen sie nun verlorener als in den Wäldern, durch die sie liefen.

Auf der Straße herrschte reges Treiben. Dutzende von zerlumpten Anwohnern gingen zielstrebig an ihnen vorbei und schenkten ihnen keinerlei Beachtung, bis jedoch ein junges Mädchen, nicht älter als acht, sich vor sie stellte und mit ihrem Finger auf die beiden völlig Verwirrten zeigte. In diesem Moment drehten auch die ersten Erwachsenen ihre Köpfe in die Richtung der beiden. Immer mehr Augen schauten in die ihren und ehe sie wussten was geschah, bildete sich eine Traube von Menschen um sie. Niemand sagte ein Wort und doch schienen sie alle genau zu wissen, was sie taten. Der Kreis schloss sich und sie traten immer näher an die beiden, vor Verunsicherung auf dem Boden kauernden Fremden heran, bis sie völlig in der Menschenmenge verschwanden.

Er wacht auf, mit dem Gefühl, einer vor Gewohnheit nahezu vertrauten Angst, eines Traumes, den er immer träumt, so glaubt er. Er weiß nicht wo er ist, doch die Anordnung des Bettes, in dem er liegt, des Schranks in der Ecke und dem Schreibtisch unter der Wandschräge vermittelt ihm die eindeutige Erkenntnis, dass er in seiner Wohnung liegen müsse.

Neben ihm, auf dem Nachttisch, steht eine alte Lampe, die er vor einigen Jahren auf einem Flohmarkt bei einem älteren Herrn eingetauscht hat und unter deren Schirm ein Ausweis liegt.

„Ausweis der Angehörigkeit zum Staate Republika", murmelt er leise während er ihn genau untersucht.

„Daniel Pearce, geboren am 6.8.2002"

Natürlich weiß Daniel, wie er heißt und ebenso, dass er 18 Jahre alt ist und so steht er auf, packt den Ausweis in seine Brieftasche und huscht, noch während seine Hose unter seinen Knien hängt in die Küche, um sich etwas Proviant für die Arbeit zuzubereiten. Er ist spät dran, also eilt er durch den antikhölzernen Flur in die mit strahlend weißen Fliesen belegte Küche, wo er sich hastig ein Brot macht. Er schmiert Butter auf 2 trockene Scheiben, belegt eine mit Schinken und Käse und will es gerade zuklappen, als ihm ein Schauer aus Scham den Nacken hinunterläuft. Seine Kollegen würden ihn verurteilen. Man rät in diesen Zeiten, gesund zu essen und so greift er zu dem Salat vom Vortag, kippt eine großzügige Ladung auf sein Brot und klappt es zu. Er huscht erneut durch den Flur ins Bad, putzt sich seine Zähne und macht sich die Haare. Er hat immer dieselbe Frisur; wenn auch nur ein einziges seiner kurzen Haare nicht vom Gel nach hinten gedrückt würde, er würde es merken.

Beinahe hat er vergessen seine Tablette zu nehmen. Schnell wirft er sie ein und hüpft Richtung Wohnungstür, um seine enge Arbeitshose endlich hoch ziehen zu können. Er steckt seine Arme durch die Gurte des Rucksacks, schnappt sich mit einem gekonnten Griff den Schlüsselbund, der genau an dem Ort liegt, an dem er ihn vermutet hat und öffnet die Wohnungstür. Er saust die Treppe hinunter und verlässt das Haus. Ein kühler Wind bläst ihm ins Gesicht und die vielen Stimmen der Straße harmonieren zur Symphonie der Stadt, wie man sie jeden Tag zu dieser Uhrzeit genießen kann, eigentlich sogar länger. So lange die Sonne scheint, um genau zu sein. Die imposanten Fassaden der unendlich aneinander gereihten Wohnblocks scheinen kerzengerade an der mit Pflanzen geschmückten Allee entlang zu wachsen, bis sie hinter dem Horizont verschwinden. Die Bäume auf dem Grünstreifen, der die Straßenseiten trennt, erwecken den Eindruck, aus ihrem Winterschlaf zu erwachen und arbeiten bereits eifrig an ihren Blättern und Blüten. Einige vereinzelte Fahrzeuge schlängeln sich durch den Verkehr und an den Massen der Arbeiter vorbei. Es ist die Oberschicht, der Fahrzeuge bereitgestellt werden, um immer und überall zur Stelle sein zu können. Alle Bewohner machen sich auf den Weg zur Arbeit. Daniel läuft mit der Menge Richtung Stadtrand, wo sie sich schließlich teilt und die Menschen nach und nach in den Seitengassen verschwinden. Sein Weg ist einer der längsten, nach ziemlich genau fünfzehn Minuten erreicht auch er die Fabrik, in der er arbeitet. Es ist ein riesiges, kunstvoll gestaltetes Gebäude. Daniel fasziniert jeden Tag aufs Neue, wie die Bauherren es geschafft haben, einen derart großen Gebäudekomplex scheinbar unsichtbar in die Natur zu integrieren, so wachsen Ranken an den Wänden hoch bis zum Fensterring der Haupthalle. Über dem Eingang thront schon so lange er dort arbeitet das goldene Schild „Republika Eisenwerke". Die Betriebe Republikas sind keinesfalls Eigentum der Regierung, jedoch tragen fast alle den Namen des Staates in dem ihren. „Sicher aus Stolz oder so", denkt Daniel jedes Mal, wenn er das pompöse Schild hinter sich lässt. In Gedanken versunken treibt er weiter in Richtung des Fließbands Nummer 151, wo er Tag für Tag Kaufverträge und Lieferscheine unterzeichnet, und sie weiter auf ihren Weg ins Archiv schickt. Eine große offene Eingangshalle verbindet die verschiedenen Abteilungen der Fabrik miteinander und dient als Dreh- und Angelpunkt der Eisenindustrie Republikas und so wichtig die Halle für den Staat ist, so herrlich und imposant sieht sie aus. Sie scheint in jedermanns Augen der Inbegriff von Schönheit und Perfektion zu sein, wie es die restliche Stadt auch ist.

Nach seinem Besuch der Stempeluhr und des Morgenappells, ist er nur noch ein paar Schritte von seinem Arbeitsplatz entfernt, da reißt ihn eine piepsige Stimme, so durchdringend, dass selbst der stärkste Wille keinen Gedanken behalten könnte, zurück in die Realität.

„Dan! Daniel! Da bist du ja endlich."

Die Stimme gehört seiner Kollegin. Sie legt die Papiere bereit, die Daniel unterzeichnen muss und arbeitet direkt zu seiner rechten.

„Ich dachte schon du tauchst gar nicht mehr auf."

Daniel nickt bloß verlegen. Es würde ihm niemals in den Sinn kommen nicht zur Arbeit zu erscheinen. Eigentlich würde es Niemanden jemals in den Sinn kommen. Er hatte noch nie erlebt, dass jemand nicht zur Arbeit kam. Große Lust mit ihr zu reden hat er auch nicht, denn eigentlich mag er sie nicht besonders, doch das würde er ihr niemals zeigen. Er fragt sich, ob sie ihn vielleicht auch nicht mag, aber es gibt keinen Grund, wieso sie ihm etwas vorspielen sollte, außer dass sie einfach nett sein will, aber das tut er ja auch.

Daniel unterschreibt die Stapel Papiere, ohne nachzulesen, ob auch wirklich alles seine Richtigkeit hat, das war schließlich die Aufgabe von jemand anderem.
So ist seine Arbeit dermaßen anspruchslos, dass sie ihn dazu bringt, viel nachzudenken. In Gedanken versunken verfliegt die Zeit, bis es schließlich zur Mittagspause klingelt. Er hat nie wirklichen Hunger, obwohl die Mittagspause stets die erste Mahlzeit seines Tages ist. Dennoch isst er, wie jeden Tag und wie alle seine Kollegen. Das Brot, das er sich am Morgen geschmiert hat, ähnelt dem Essen der anderen erstaunlich. Größere Unterschiede als die Anzahl der Körner im Brot oder der Löcher im Käse kann er bei keinem entdecken. In der Fabrik arbeiten zurzeit etwa 90 Arbeiter schätzt Daniel, die sich zur Mittagspause alle in einem Saal versammeln und gemeinsam essen. Aber es könnten genauso gut 200 sein, denn viele der Gesichter im Saal sind ihm vollkommen unbekannt und nur bei wenigen hat er das Gefühl, sie regelmäßig zu sehen. Viel Kontakt mit seinen Kollegen hat Daniel auch nicht. Außer in der Mittagspause sieht er die meisten so gut wie nie und wenn doch, nur so

flüchtig, dass es nicht für ein Kennenlernen reichen würde. Zum Nachtisch gibt es für die meisten noch Pillen, die sie sich mitgenommen haben, um ihre Leistungsfähigkeit zu steigern. Es dröhnt wieder der Schlag der Glocke im Gebäude und die Massen bewegen sich zu ihren Arbeitsplätzen zurück. Der Nachmittag sorgt kaum für Abwechselung im Arbeitsalltag. Daniel stempelt den gleichen Abdruck und schwingt den gleichen Stift wie am Vormittag und wie auch sonst an jedem anderen Tag.

Zehn Stunden geht seine Schicht, womit er, im Vergleich zu einigen Kollegen, einen recht kurzen Arbeitstag hat.

Punkt fünf bleibt sein Fließband stehen. Das Zeichen für ihn seine Arbeit niederzulegen. Er lässt den Stempel, aufs Förderband fallen und macht sich auf in Richtung Ausgang. Ohne Umweg geht er denselben Weg, den er zur Arbeit genommen hat, auch wieder zurück nach Hause, öffnet die Tür und steht genau zehn Stunden und dreißig Minuten, nachdem er seine Wohnung verlassen hat, wieder auf den alten Holzdielen seines Flures. Er geht ins Bad und schaut in den Spiegel. Er schaut sich tief in seine blauen Augen, seine Haare liegen bombenfest, wie er sie am Morgen gekleistert hat. Hastig geht er weiter ins Schlafzimmer, zieht sich ein hellblaues Hemd und eine saubere Jeans an. Daraufhin stolziert er in die Küche. Er erwischt sich bei dem Gedanken, etwas Ausgefallenes und Aufwändiges zu kochen, doch seine Vernunft reagiert schnell und stoppt dieses Vorhaben, noch bevor er überhaupt damit anfangen konnte. Also schüttet er wie jeden Abend eins der Fertiggerichte der Republika Versorgungswerke in die gusseiserne Pfanne und lässt es nach angegebenem Rezept mit etwas Wasser heiß werden.

Er schaut dabei zu, wie aus dem gräulichen Brei aus der Tube etwas nicht nur essbar Aussehendes entsteht, nein, es sieht geradezu köstlich aus und verströmt den Geruch von frisch gebratenem Fleisch und pikanter Sauce. Daniel deckt den Tisch und kippt die Mahlzeit aus der Pfanne auf den von Hand geformten Teller. Er beginnt das Gericht mit glänzendem Besteck geradezu chirurgisch zu bearbeiten und spült es, nachdem er es aufgegessen hat, mit einem Schluck Rotwein runter. Keinesfalls hat er umsonst ein neues Hemd angezogen. Wie fast jeden Abend geht er nach dem Abendessen noch in eine der vielen Kneipen Utopias. Seine Stammkneipe steht, wo acht der prachtvollen breiten Straßen sternförmig auf einander zulaufen.

In der Mitte, wie eine Insel im Meer aus Asphalt, liegt es, das Atrium. Es ist bereits dunkel, als Daniel das Atrium mit Hilfe der großzügig beleuchteten Straße erreicht. Die Sternkreuzung, tagsüber eine der am meisten befahrenen Strecken in Utopias Straßennetz, ist bei Nacht leicht zu überqueren. Vor dem Eingang sind bereits mehrere Menschen zu sehen, die auf Einlass warten. Das Atrium ist eines der architektonischen Glanzleistungen Utopias. Auf dem kreisförmigen Fundament des zehnstöckigen Kolosses und auf den mit Bildchen verzierten, geriffelten Säulen, thront wie ein Fels in der Brandung, unverwüstlich, die riesige Kuppel. Von den meisten der vielen Angebote des Atriums hält Daniel nicht viel. Er verbringt die meisten Abende an der Bar und lässt sich manchmal zu ein paar Runden Glücksspiel überreden, doch heute ist es anders. Er hatte am Abend zuvor gehört, dass heute, im Festsaal des Atriums, eine stadtweit bekannte Sängerin auftreten soll.

Da er so gut wie nichts über die anderen Provinzen Republikas weiß, geht er davon aus, dass sie auch anderorts bekannt ist, wobei er nicht mal mit Sicherheit sagen kann, ob sie wirklich in Utopia bekannt ist. Vielleicht ist es auch nur der Wunsch, Zeuge von etwas Größerem zu sein, der ihn so denken lässt. In der Schlange wartend fängt er an, sich zu fragen, wieso er ausgerechnet heute den Drang verspürt, etwas Neues zu erleben, ausgerechnet heute seinen sonst doch immer gleichen Abend anders zu gestalten, doch dann ist er auch schon an der Reihe.

„Ihren Ausweis, bitte."

Es ist ein genervtes Gesicht, das ihm eine Hand entgegenstreckt. Eine brünette, etwa 30-jährige, Frau. Obwohl sie, wie bei jedem Kunden ein freundliches Lächeln aufsetzt, kauft Daniel ihr die Glückseligkeit nicht ab. Er legt seinen Ausweis in ihre ungeduldig wartende Hand und erhält im Gegenzug die sehnsüchtig erwartete Eintrittskarte. Das Bezahlsystem für kulturelle und soziale Güter ist ähnlich aufgebaut, wie das für Lebensmittel und eigentlich auch alles andere, das nicht auf dem Schwarzmarkt erworben wird und läuft somit über den Ausweis. Jedem Bürger Republikas wird pro Tag und Woche ein bestimmtes Pensum an Unterhaltungsmöglichkeiten zugestanden, die mit Hilfe des Ausweises dokumentiert werden. Wer sein Limit an bereit gestellten Beschäftigungen erreicht hat, muss sich selber zu helfen wissen. Der Saal ist nicht sonderlich groß, dennoch sehr imposant. Daniel hat ihn noch nie von innen gesehen. Prachtvoll stützen Holzbalken die gebeugte Decke. Die Sitzplätze sind ringförmig in sieben Reihen aufsteigend angebracht. Daniel schätzt die Anzahl der Plätze, die alle auf den Mittelpunkt des Saales, in dem in einigen Minuten die Aufführung beginnt, ausgerichtet sind, auf mindestens fünfhundert. Er beobachtet von seinem Sitzplatz in der 4. Reihe, in etwa vier Metern über der Bühne, wie sich der Raum füllt. Zum wiederholten Mal fragt ein Mann lauthals durch die Reihen, ob alle versorgt wären. Er meint damit, ob noch jemand Tabletten für die Vorführung braucht. Es ist durchaus normal für die Bewohner Utopias, bei gegebenen Anlass zu Mitteln zu greifen, in der Hoffnung eine unverbesserliche Erinnerung zu schaffen.

„Sie Sir, sie sehen aus als wären sie noch nicht bedient worden."

Ohne Daniel antworten zu lassen fängt er an, sein Repertoire an Pillen aus der Jackentasche zu holen.

„Was darf es sein? Stehen sie auf die pure Entspannung, oder wollen sie lieber etwas mit mehr Pfiff?"

Daniel lehnt dankend ab und der junge Mann, der sich mit seiner Verkaufsaktion in der Öffentlichkeit am Rande der Legalität bewegt, geht sichtlich gekränkt Richtung Ausgang. Er hat wohl kein gutes Geschäft gemacht an diesem Abend. Seine Döschen sind noch randvoll gefüllt mit bunten Kügelchen. Daniel ist sich nicht sicher, ob er jemals solche Mittel genommen hat, aber er weiß genau, dass er neugierig ist und umso mehr er über den Mann und seine Pillen nachdenkt, desto größer wird sein Verlangen danach, herauszufinden, was die Leute so begeistert, an diesen Stoffen.

„Entschuldigen sie!"

Überrascht von der Entschlossenheit, mit der er versucht die Aufmerksamkeit des Mannes auf sich zu lenken, schaut er ihm nach. Für gewöhnlich würde er versuchen in der Menge unterzutauchen, doch dieser Abend ist keinesfalls gewöhnlich. Der Mann jedoch hört den Ruf nicht mehr, und verlässt den Raum. Daniel ist enttäuscht. Jetzt, wo er sich doch endlich dazu durchgerungen hat es auszuprobieren, hat er zu lange überlegt. Andererseits ist er erleichtert, denn etwas Angst hat er auch. Schon abgeschlossen mit dem Gedanken an die Pillen und wieder fokussiert auf die Bühne stupst ihm jemand auf die Schulter.

„Pssst …, ey du."

Daniel dreht sich um. Es ist Melina, eine junge Frau, vielleicht 20 Jahre alt mit blonden Haaren und einem bezaubernden Lächeln. Sie ist wunderschön.

„Ich habe was du brauchst", sie hält ihm ihre Hand vor das Gesicht und in ihr eine rote Pille.

„Jetzt nimm schon, es geht gleich los!"

Er bedankt sich, nimmt die Pille in die Hand, schaut sie sich einige Sekunden lang an und schluckt sie. Er schließt seine Augen, krallt sich panisch an der Stuhllehne fest, in der Erwartung, es würde ihn umhauen, doch nachdem für eine halbe Minute nichts passiert und er hört wie Melina anfängt zu kichern, beruhigt er sich.

Die Lichter gehen aus und für einige Sekunden herrscht völlige Dunkelheit im Raum. Die Spannung in der Luft ist deutlich zu spüren, für manche Besucher dürfte dieser Auftritt wohl der letzte sein, den sie sich diese Woche noch erlauben dürfen und sie setzen hohe Erwartungen in diesen Abend. Mit einem lauten Störgeräusch aus den Lautsprechern, als die zig Scheinwerfer alle synchron anfangen die Bühne zu beleuchten, erfüllt auf einmal eine liebliche Stimme den Raum. Das Publikum ist binnen Sekunden wie verzaubert und lauscht den himmlischen Klängen. Auch Daniel, im Geiste versunken lässt sich treiben. Die Lieder verfliegen und er fühlt die Musik mit jeder Pore seines jungen Körpers. Er bemerkt, wie sie immer lauter wird, die Sängerin scheint geradezu zu schreien, die Instrumente schlagen Wellen in seinem Kopf. Es dröhnt, seine Haut fängt an zu Kribbeln, er hat das Gefühl die Kontrolle zu verlieren, doch er fühlt sich wohl, geborgen und aufgenommen in der Gemeinschaft des Seins.

ZWEI

„Lasst uns in Ruhe!" Sein Vater schrie die Soldaten an, sie sollen verschwinden. Seine Mutter schützend vor Daniel und seiner kleinen Schwester, die weinend in einer Ecke ihres Zelts kauerten.

„Wir wollen bloß die Kinder, für euch ist es zu spät."

Einer der Männer begann mit großen Schritten auf sie zu zukommen. In letzter Sekunde sprang sein Vater auf und rempelte den Soldaten zu Boden. Die Mutter hob das Zelt ein Stück an und drückte die Kinder durch den entstandenen Spalt.

„Lauft!", schrie sie, als die Geschwister wie angewurzelt vor dem Zelt stehen blieben. Sie wollten nicht ohne ihre Eltern los. Ihr Vater mischte sich ein.

„Lauft verdammt nochmal! Und Kinder, denkt ...", er musste eine Pause machen um seinen Griff um den Hals des Soldaten neu anzusetzen.

„Denkt daran was ich euch gesagt habe! Stellt euch diese Frage Tag für Tag, lasst sie euren Geist nicht brechen. Die Antwort darf niemals -." Ein Schuss fiel.

Er wacht auf. Allein in seinem Bett, wie jeden Morgen. Er greift zu seiner Tablette und macht sich auf den Weg in die Küche, um sich ein Brot zu schmieren. Über den knatschenden Holzboden und vorbei an der Wohnungstür. Fast hätte er vergessen, seine Brieftasche mitsamt Ausweis einzustecken, also huscht er zurück ins Schlafzimmer, doch auf dem Nachtschränkchen liegt sie nicht. Schockiert schnappt er nach Luft. Das ist ihm noch nie passiert. Er hat sie wohl im Atrium verloren und es nicht bemerkt, was ihn aber auch nicht übermäßig verwundert, da er sich ohnehin nur bruchstückhaft an die Nacht erinnert. Die Zeit wird knapp und so macht er sich wie jeden Morgen fertig für die Arbeit und verlässt seine Wohnung. Heute ausnahmsweise ohne seinen Ausweis. Seine Hand gleitet am silbern glänzenden Geländer der Treppe entlang bis ins Erdgeschoss. Hinaus, durch die schwere Stahltür, auf die Straße. Eine warme Brise empfängt ihn. Wie jeden Morgen zu dieser Zeit pilgern auch sämtliche anderen Bewohner der Stadt zu ihren Arbeitsplätzen. Auf halber Strecke, gleich hinter der Kreuzung, die er überqueren muss, wenn er zum Atrium möchte, durchbricht ein ohrenbetäubender Lärm den sonst recht mäßigen Tumult der Arbeiter. Er sieht einige Fahrzeuge anfahren. Sie sind umgeben von so dichten Abgaswolken, dass es ihm schwer fällt überhaupt zu erkennen, um wen es sich bei dem Geschwader handeln könnte. Je näher sie kommen, umso sicherer wird er sich, dass es sich bei den drei Lkw mit bewaffneter Mannschaft um die Hüter handeln muss. Was die „Hüter Republikas" mitten in der Stadt zu schaffen hat weiß er nicht, aber woher auch. Selbstverständlicher Weise weiß er nichts von den Machenschaften der Hüter, schließlich unterliegen sie strengster Geheimhaltung. Sobald der Konvoi an ihm und den anderen wartenden Passanten vorbeigefahren ist, macht er sich schnellen Schrittes wieder auf den Weg. Die verlorene Zeit holt er ein und kommt pünktlich an. Pünktlich für den obligatorischen Besuch der Stempeluhr, an der sich wie jeden Morgen sämtliche seiner Kollegen, so wie auch er, versammeln, um den aktuellsten Stand der Produktion vorgelesen zu bekommen. Sie steht inmitten der offenen

Eingangshalle. Da jeder Mitarbeiter zu Beginn und am Ende seiner Schicht zu einem der drei Schalter dieser monströsen und golden schimmernden Uhr muss, herrscht zu diesen Zeiten ein wenig Chaos. Andere Abteilungen haben ihren Betrieb auf Grund von wachsendem Bedarf an E02-Teilen umstellen und Mitarbeiter anheuern müssen. Beruhigt, dass er nicht von den Neuerungen betroffen ist, lauscht er dem restlichen Appell.

Nach einer kurzen Ansprache des Vorarbeiters, mit einigen motivierenden Worten, wohl in der Hoffnung die Produktivität zu steigern, begibt er sich zu seinem Fließband, Fließband 151.

Es dröhnt das Horn durch die Halle und die Fließbänder fahren an. Während er die einstudierten Handgriffe ausführt, die durch tausendfache Wiederholung in sein Gehirn eingebrannt worden sind, erinnert er sich an den vergangenen Abend. Die vergangene Nacht im Atrium, wenn auch nur grob. Er weiß noch genau wie die Sängerin ihm für den Bruchteil einer Sekunde direkt in die Augen sah und die Zeit stehen zu bleiben schien. Es war als würde er in die Augen des hilflosen, jammernden Jungen aus seinem Traum blicken. Der Junge, der alles verloren hatte, was er besaß und noch mehr.

Er weiß nichts mit diesem Bild anzufangen. Daniel erinnert sich nicht an diese Situation oder an die Personen, die mit ihm dort waren. Diese absurde Vorstellung ängstigt ihn, hat er doch nie etwas derart Schlimmes erlebt und wovon hat sein Vater, an den er sich ebenfalls nicht erinnern kann, geredet? Irgendeine Frage die er sich stellen solle. Auf was für Absurde Geschichten der Verstand doch kommen kann, wenn man schläft.

Zu allem Überfluss muss er auch noch seine Brieftasche wiederfinden. Er macht sich weniger Sorgen über die Brieftasche an sich, als vielmehr um seinen Ausweis. Wer seinen Ausweis verliert, muss einen neuen beantragen und bis dieser nach einigen Wochen oder Monaten eintrifft, höllisch aufpassen. Ohne Ausweis hat man nichts, um seine Angehörigkeit zum Staat Republika zu belegen und ist somit im Falle eines Streites oder Unfalls immer der Schuldige. Ohne die Angehörigkeit zum Staat, hat man weder das Recht auf faire Justizverfahren, noch den Anspruch auf die grundlegendsten Menschenrechte. Daniel ist vogelfrei, bis er seinen Ausweis wiedererlangt.

Mit dieser Erkenntnis ist seine restliche Schicht von der Frage geprägt, was er, bis zur Übergabe seines neuen Ausweises, versteckt und verbarrikadiert in seiner eigenen Wohnung so treiben könne. Jedes Verlassen des Hauses würde ihn zur Gazelle im Löwenkäfig machen.

Um seinem Schicksal unter selbst auferlegter Isolation zu entgehen, möchte er sich gleich nach Feierabend auf den Weg zum Atrium machen, es liegt ohnehin auf seinem Heimweg. Zeitgleich mit seinen Kollegen, verlässt er seinen Arbeitsplatz und macht sich auf den Weg nach draußen. Er ist bedacht, ja nicht aufzufallen. Wieder vorbei an der Stempeluhr, an der sich wie schon am Morgen alle Mitarbeiter versammeln und darauf warten, wann sie an der Reihe sind. Wie auch am Morgen, gibt es wieder einen Appell von einem der Abteilungsleiter. Daniel versucht in der Menge unterzutauchen und schafft es schließlich zu einem der Schalter vorzudringen. Er gibt seinen Namen, in das Eingabefenster des verschmutzten Terminals ein, das schon im Einsatz gewesen sein muss, als die Fabrik errichtet worden ist.

„Authentifizierung fehlgeschlagen", erscheint in roter Schrift in mitten des Bildschirmes. Die Maschine piept und verlangt nun nach seinem Ausweis.

„Zum Fortfahren bitte Identität bestätigen"

Daniel flucht innerlich.

Ausgerechnet heute!

Die Schlange hinter ihm wird ungeduldig und ein Mann fragt mit erhobener Stimme, was denn da so lange dauere.

Er zieht immer mehr Blicke auf sich und das piepende Terminal. Er weiß nicht was er tun soll. Daniel drückt auf das Feld „Vorgang abbrechen". Hauptsache es hört auf zu piepen denkt er, und es scheint zu funktionieren. Er landet auf dem Startbildschirm. Ob er erneut versuchen soll sich anzumelden? Er steht schon viel zu lange am Schalter, außerdem ist er sich sicher, seine Daten richtig angegeben zu haben. In all der Zeit, die er in der Fabrik arbeitet, hat er noch nie dieses Problem gehabt. Die drohenden Konsequenzen, falls er sich nicht abmelden würde, zwingen ihn dazu, es erneut zu versuchen. Erneut tippt er seinen Namen ein und wieder leuchtet das Terminal rot auf und das Piepen ertönt. Aus der Angst heraus, sich nicht abzumelden, reißt er kurzerhand zwei unter dem Bildschirm herausragende Kabel raus. Sofort wird es schwarz. Ebenso wie die benachbarten Bildschirme. Er dreht sich vom Schalter weg und tut so verwirrt, wie es seine Mitarbeiter sind. Ohne ihm große Beachtung zu schenken, betrachtet sein Nachfolger das Terminal, in der Hoffnung es zum Laufen zu bringen, während die restliche Schlange geduldig weiter wartet. Bloß der Mann am Ende der Schlange, schaut ihm hinterher und schüttelt vorwurfsvoll seinen Kopf, ohne dass Daniel dies sieht.

Daniels Herz klopft wie verrückt. Er hofft nur noch das Gebäude verlassen zu können, ohne von Sicherheitskräften oder seinem Vorgesetzten abgefangen zu werden, doch seine Angst scheint völlig unbegründet. Niemand schaut ihm nach. Die Angst vor dem morgigen Tag hingegen ist sehr wohl begründet. Er hat Firmeneigentum beschädigt. Die Konsequenzen scheinen ihm unberechenbar. Über den Entzug seiner wöchentlichen Zugeständnisse wäre er noch froh, schließlich wurden schon Leute für weniger schwerwiegende Verstöße versetzt. Man könnte ihm vorwerfen, er habe dem Konzern schaden wollen. Die Entität des Staates könnte dies als terroristischen Akt oder gar als Hochverrat interpretieren. Auch wenn in Republika das Wort der Bürger das Gesetz ist, so hat doch die Entität die alleinige Entscheidungsgewalt in solcherlei Angelegenheiten.

Doch ein Problem nach dem anderen, stellt er für sich fest. Es ist von höchster Priorität seinen Ausweis zurück zu bekommen, über alles andere könne er sich anschließend noch Sorgen machen.

Ohne Umweg macht er sich auf zum Atrium. Er muss denselben Weg nehmen, den er auch nach Hause nehmen würde, plus die Strecke von der großen Kreuzung, an der er am Morgen dem Trupp der Hüter begegnet ist, bis zum Gebäude. Er meint, den Weg in etwas weniger als einer

Viertelstunde schaffen zu können, was ihm im Notfall genügend Zeit verschaffen würde noch rechtzeitig zur zuständigen Behörde zu rasen, um einen neuen Ausweis zu beantragen. Das erste Drittel der Strecke bringt er schnell hinter sich, doch schon bevor die Kreuzung in Sichtweite ist, sieht er den Stau von Arbeitern, die auf ihrem Heimweg wohl von einem unüberwindbaren Hindernis aufgehalten werden. Da er es eilig hat, drängelt er sich durch die Menge nach vorne. Daniel hat nicht nur die Hoffnung das Hindernis irgendwie überwinden zu können, er muss es schaffen, doch als er sich nähert wird ihm schnell klar, dass es sich schwieriger gestalten könnte, als er dachte. Es sind die Hüter. Mit mobilen Barrikaden hindern sie die Passanten am Überqueren der Kreuzung. Daniel, der es nach einigen mühseligen Minuten und mit ein wenig Geschubse nun endlich bis nach vorne geschafft hat, spricht einen der Soldaten an.

„Entschuldigung!", Er wird ignoriert.

„Entschuldigen Sie, ich muss hier vorbei!", ruft er erneut mit verzweifelter Stimme.

„Was denkst du, was du da machst?", ein junger Mann zieht ihn von hinten an seinem Ärmel zurück in die Menge.

„Wir wollen doch keine Probleme, oder?"

Das will er nun wirklich nicht, schließlich fehlt ihm immer noch sein Ausweis, andererseits wird die Zeit knapp. Mit einem dankenden Nicken wendet er sich von dem Mann ab und verschwindet in der Menge. Er versucht die Sperrzone zu umgehen, doch sie erstreckt sich soweit er sehen kann. Während er schnellen Schrittes an der bewachten Absperrung entlang geht, kann er beobachten, wie einige

Soldaten eine Familie aus einem der Gebäude begleiten. Daniel ist wenig verwundert, so etwas kommt in der Regel zwei- bis dreimal die Woche vor und für gewöhnlich würde er geduldig wie alle anderen warten, bis die Kreuzung wieder freigegeben ist, doch nicht heute.

Als er die Sperrung schließlich hinter sich lassen kann, ist er schon fast wieder vor seiner Haustür. Erstaunt, von der Anzahl an Einsatzfahrzeugen, wechselt er die Straßenseite und macht sich wieder auf den Weg zum Atrium.

Nach etwas mehr als fünf Minuten, die ihm der Umweg gekostet hat, steht er nun endlich vor dem Eingangsbogen des Atriums. Er stürmt hinein und an die erste Theke, die ihm ins Auge fällt.

„Etwas früh zum Trinken nicht?", scherzt der Barkeeper, doch Daniel ist nicht zu Scherzen aufgelegt.

„Danke, nein", stammelt er verwirrt. „Bitte, sagen sie mir, dass hier gestern Abend eine Brieftasche gefunden wurde."

Der Herr hinter der Theke schaut ihn verdutzt an.

„Ja, schon."

Daniel fällt ein Stein vom Herzen, es würde alles gut werden.

„Doch eine junge Dame hat den bereits am gestrigen Abend mitgenommen", fährt der Mann fort.

Der perplex dreinschauende Daniel fühlt den Stein langsam, aber sicher wieder Richtung Herz kullern.

„Sie hat behauptet, eine Freundin von ihnen zu sein, da dachten wir es wäre die beste Lösung, schließlich wollen wir ja nicht, dass sie ohne ihren Ausweis in der Stadt rumlaufen müssen."

Daniel dreht sich um ohne ein Wort zu sagen und bewegt sich zielstrebig Richtung Ausgang.

Ein lauter Pfiff halt durch die Halle, es ist der Barkeeper, der aus bloßem Zeitvertreib ein Glas poliert.

„Vögelchen, pass auf dich auf", ruft er hinterher.

Nun rennt Daniel. Einige der schon angetrunkenen Gäste sind auf das Gespräch aufmerksam geworden, und spätestens, als er ihn Vögelchen nennt, ist allen klar, in was für einer Situation sich Daniel befindet. Einige stehen auf und schauen ihm hinterher, doch er ist schon aus dem Atrium raus und über die Kreuzung. Ihn zu verfolgen würde sich wohl nicht lohnen, schließlich hat er seine Brieftasche verloren, und bloß, um seine Aggressionen an ihm auszulassen, ist er den meisten einfach zu schnell. Einer der Gäste jedoch taumelt ihm hinterher. Er ist sichtlich betrunken und grölt ihm nach.

„Püppchen! Komm doch her, lass uns spielen!" Er rülpst, stolpert auf die Straße und bleibt reglos liegen. Daniel hat es aus dem Augenwinkel gesehen, doch ihm kommt nicht in den Sinn, zurück zu gehen und dem ohnmächtigen Mann zu helfen. Er muss zur Behörde, einen neuen Ausweis beantragen. Die anderen Passanten interessiert der auf der Straße liegende Mann auch nur insofern, dass die Autofahrer einen Bogen um ihn fahren müssen, um ihren Wagen nicht zu beschädigen.

Ohnehin ist es allgemeiner Konsens, solche Fälle dem Schicksal zu überlassen, es sei denn es handelt sich um jemanden Wichtigen oder er wird von einer besonders guten Seele gefunden.

Die Straße entlang, vorbei an einem Wohnblock nach dem anderen, treibt es ihn, bis er schließlich vor den Toren der Behörde steht. Ein gigantisches Gebilde geprägt von gespenstischer Leere, die durch nur wenige hinter den Fenstern vorbeihuschende Schatten der Mitarbeiter unterbrochen wird. Daniel steigt erleichtert die Stufen zum Eingang hinauf, hat er doch die erste Hürde auf dem Weg zurück ins sichere Leben geschafft, doch dann steht er vor verschlossenen Türen. Er ist zu spät, die Behörde hat bereits geschlossen. In seiner Verzweiflung klopft er an die massive Tür. Niemand öffnet ihm.

„Es ist wichtig. Bitte!", schreit er durch den Postschlitz und hört wie seine Rufe an den Wänden der Eingangshalle abprallen und sich durch die Flure kämpfen.

Nach einigen Sekunden hört er dann Schritte, die sich auf die Tür zubewegen. Er sieht durch den Schlitz in der Tür nur die Beine eines schlanken Mannes, die vor der Tür zum Stehen kommen.

„Wir haben geschlossen. Kommen Sie zwischen 12 und 14 oder 17 und 18 Uhr und wir helfen ihnen weiter."

Noch bevor Daniel die Dringlichkeit seines Anliegens erneut deutlich machen kann, verschwindet der Mann wieder in einem der Flure.

Er lässt noch zwei weitere Hilferufe in die Gemäuer ab, bis er eine Stimme vom Gehweg vernimmt.

„Ist alles in Ordnung bei Ihnen?"

Dieses Interesse hat nichts Gutes zu bedeuten und so wendet er der fragenden Frau schnell den Rücken zu und akzeptiert sein Schicksal. Es bleibt ihm wohl oder übel nichts anderes übrig, als Morgen einen neuen Ausweis zu beantragen und sich dann zuhause einzusperren, bis er ihn im Briefkasten findet.

Enttäuscht macht er sich auf den Heimweg. Auf seiner Flucht in die vermeintlich sichere Wohnung, kommt er erneut am Atrium vorbei. Rettungskräfte sind gerade dabei, den immer noch bewusstlosen Mann auf ihren Hänger zu verladen. Wer sie wohl alarmiert hat? Daniel ist sich sicher, sie müssen dem Mann zufällig begegnet sein, andernfalls könne es nur -

Die fragenden Blicke der Ersthelfer, die auf ihn gerichtet sind, unterbrechen seine Gedanken. Er hat Angst, dass sie gesehen haben, wie neugierig er ihnen bei der Arbeit zugeschaut hat. Die beiden Sanitäter sind gekleidet wie er, keine schrillen Farben oder Formen, die zeigen um wen es sich handelt. Selbst der Rettungswagen ist schlicht und einfach ein Zweisitzer mit Anhänger und doch hat Daniel keine Zweifel an der Seriosität der Männer, schließlich ist es klar, dass Republika nur qualifizierte Kräfte anheuert, um für Recht und Ordnung zu sorgen. Wozu auch ein auffälliges Fahrzeug. Bei den wenigen Fahrzeugen auf Republikas Straßen und mit dem ungeschriebenen Gesetz, des Vorrangs des Stärkeren, kommen sie ohnehin ungehindert durch.

Daniel lässt die Männer hinter sich, in der Hoffnung, Ihnen nicht allzu sehr aufgefallen zu sein und beeilt sich, um noch vor Einbruch der Dunkelheit zuhause zu sein, in der Hoffnung den düsteren Gestalten der Nacht entgehen zu können. Nach einigen langen Minuten in heraufziehender Dämmerung, schließt er erleichtert die Wohnungstür hinter sich zu. Die letzten Meter das Treppenhaus hinauf haben ihm besonders Sorgen bereitet. Zusätzlich zur Dunkelheit kommen dort noch die Wände, die seine Schreie einfangen würden. Er schaut sich suchend um: Große, schwere Möbel, die er vor die Tür schieben kann oder Vorhänge für das Fenster, alles was ihm das Gefühl von Sicherheit vermitteln kann. Er räumt und schiebt so lange, bis nur noch der große Kleiderschrank und das Kücheninventar stehen bleiben, zu schwer und unhandlich scheinen sie ihm. Entgeistert lässt er sich auf sein Bett fallen, das nun den Flur schmälert. Daniel schließt die Augen. Er fühlt sich als hätte sein Inneres vor lauter Angst beschlossen, den sterblichen Körper zu verlassen. Er spürt wie seine Augen feucht werden. Er kann nichts weiter tun, als am nächsten Tag rechtzeitig bei der Behörde zu erscheinen und einen neuen Ausweis zu beantragen. Die Zeit bis dahin wird er schon irgendwie herumbekommen, aber die Wartezeit bis sein Ausweis eintreffen wird, macht ihm Angst. Ohne den Ausweis kann er sich nicht einmal Bücher ausleihen, geschweige denn Essen besorgen. Bei diesem Gedanken schreckt er auf. Das Adrenalin hat seinen Geist zurück in den Körper geschossen. Erstaunt, wie lebendig er sich fühlt, rennt er in die Küche. Die Regale sind so gut wie leer. Seine Vorräte würden für zwei vielleicht drei Tage reichen, wieso auch sollte man sich einen größeren Vorrat anlegen. Er verschwindet zurück ins Bett und versucht sich nicht zu viele Sorgen über die nächsten Tage zu machen. Der Stress, den er heute auf sich genommen hat, macht sich deutlich bemerkbar. Er ist erschöpft und spürt wie ihm die Augen zufallen und er eindöst.

Plötzlich klopft es an der Tür. Daniel braucht einige Sekunden, um zu realisieren, dass wirklich jemand vor seiner Tür steht und es sich nicht bloß um einen Traum handelt. Er springt auf und schaut zur Tür, gegen die er sein Bett gelehnt hat. Er denkt nicht daran, die Tür zu öffnen. Daniel überlegt, ob ihm jemand gefolgt sein könnte. Die Sanitäter, die ihn gesehen haben, wie er sie beobachtet hat. Vielleicht hat die Frau vor der Behörde jemandem von seinem Versuch erzählt, hinein zu gelangen oder seine Manipulation des Terminals auf der Arbeit ist aufgefallen. In jedem Fall hätte das Öffnen der Tür keine guten Folgen für ihn.

„Daniel Pearce?", hallt eine weibliche Stimme sanft, aber doch bestimmt durch den Türspalt.

Daniels Sorgen scheinen sich zu bewahrheiten, andernfalls würde die ominöse Person im Flur seinen Namen nicht kennen und er hat immer noch keinen Ausweis. Sie könnte sonst was mit ihm machen.

Er entscheidet sich so zu tun, als wäre er nicht zuhause. Still liegt er in seinem Bett und lässt die weiteren Aufforderungen, die Tür zu öffnen, unbeachtet über sich ergehen. Dann wird es still auf dem Flur. Doch ehe er sich vergewissern kann, dass die Frau wieder weg gegangen ist, schiebt sie, ohne etwas zu sagen, seinen Ausweis unter der Tür hindurch. Daniel steht überrascht auf. Er schiebt sein Bett und die anderen Möbel so schnell er kann zur Seite und reißt die Tür auf. Seine Brieftasche liegt vor ihm auf dem Boden, doch von der Frau ist nichts zu sehen. Schnell steckt er seine Papiere ein und rennt das Treppenhaus hinunter.

Hinter jeder Ecke sieht er einen Schatten verschwinden und folgt ihm bis raus auf die Straße.

„Halt!", ruft er dem Phantom hinterher. Er folgt ihm über Kreuzungen und durch Gassen und ehe er realisiert, dass es bereits dunkel ist, findet er sich in einer Gegend wieder, die ihm so fremd ist, dass er es kaum noch für einen Teil Utopias halten kann. Da bleibt der Schatten stehen und lüftet seinen Schleier. Es ist die Frau, die ihm im Atrium die Pille gegeben hat.

„Wer bist du?" bringt Daniel, völlig außer Atem, gerade noch über die Lippen.

Die Frau lächelt ihn an.

„Das weißt du doch. Melina, schon vergessen?"

Diese Frage ist Daniel zu dumm. Wenn er es wissen würde, wozu dann all das Theater? Andererseits ist er der Frau gerade mehrere Kilometer weit nachgelaufen, um Antworten zu bekommen und sie hat zugegebenermaßen recht. Daniel hat in der Tat das Gefühl genau zu wissen mit wem er es zu tun hat.

„Woher hast Du meine Brieftasche?", er hofft mit dieser Frage mehr Glück zu haben.

„Weißt du nicht mehr, im Atrium? Du hast sie liegen lassen." Daniel errötet. So eine unnötige, tollpatschige Aktion hat ihn in diese Lage gebracht.

Nun steht er da, im Dunklen und in einer ihm völlig unbekannten Gasse. Er hat keine andere Wahl, als dem auffordernden Winken der Frau tiefer hinein in unbekannte Gefilde zu folgen.

Zusammen spazieren sie weiter, ohne ein Wort zu sagen. Daniel ist ohnehin so mit Reizen überflutet, dass immer, wenn er eine Frage in Gedanken ausformuliert hat, schon wieder eine neue in den Kopf schießt und er den Faden verliert.

Nach einiger Zeit, lange nachdem auch der letzte Zipfel der Sonne hinterm Horizont verschwunden ist, wird die Gasse wieder heller. Es sind hunderte von Lichtern, die wie Ranken an den Fassaden der Häuser emporsteigen. Hauptsächlich sind es Lichterketten, wie die von Weihnachtsbäumen, aber auch Röhren, Birnen und sogar Kerzen lassen die Straße leuchten. Lauter Menschen tummeln sich, wie Bienen in ihrem Stock, in dieser Lichtung des Großstadt-Dschungels, und ein süßlicher Geruch erfüllt die Luft. Daniel ist völlig fassungslos. Er ist immer davon ausgegangen, dass die Stadt nachts schlafen und keine Menschenseele sich noch herumtreiben würde. Es scheint ihm nun als könnte die Realität nicht fremder sein.

Musik wie er sie seit einer Ewigkeit nicht gehört hat, dröhnt aus einigen Häusern und die Massen strömen wie gebannt ein und aus, ohne ihn auch nur im Geringsten zu beachten. Seine Fremdenführerin dreht sich um und beginnt endlich zu sprechen:

„Willkommen in der Tüte."

„Was ist das hier für ein Ort?"

Daniel fällt es schwer aus dem Staunen wieder heraus zu kommen, um überhaupt etwas sagen zu können.

„Das spielt keine Rolle, aber es wird dir gefallen, das ist doch das Entscheidende, oder?"

Melina fängt an in einer Weise über beide Wangen zu grinsen, die Daniel in Geborgenheit schwelgen lässt. Er sieht sich um und ehe sein Blick wieder am Ausgangspunkt ankommt, bemerkt er, dass die Frau bereits weiter gegangen ist und fast hinter einigen Gruppen von Menschen zu verschwinden droht. Eilig macht er sich auf den Weg, um sie nicht aus den Augen zu verlieren. Als er sie nach einigem Zickzack und Gedränge einholt, schmiegt er sich an ihre Seite und lässt sich von ihr durch die Gassen führen.

Ohne ein Wort zu sagen führt sie ihn vorbei an verschiedensten Geschäften und Etablissements, die sich alle selbst vorzustellen scheinen. Exotische Früchte und seltenste Gemüse hinter einem Fenster. Papier und Zubehör hinter einem anderen und noch in derselben Straße eines bis oben hin gefüllt mit Messern und Schusswaffen.

Daniel erschrickt als er an diesem vorbei geht. Er realisiert, wie elitär und geheim diese Gassen sein müssen. Noch nie hat er gehört wie jemand von ihnen geredet hat oder gar von solchen Läden wie er sie dort vorfindet.

Sie führt ihn weiter durch die Gassen, tiefer hinein in das Hinterland der Stadt.

Als sie ihr Ziel schließlich erreichen, ist aus dem Gedränge und der Fülle der neuen Welt, die er soeben entdeckt hat, ein ruhiges Gelage mit vielen schlafenden fremden Gesichtern und zum Entspannen anregender Musik geworden. Daniels Begleitung gesellt sich zu ein paar Jugendlichen, die sich im Kreis versammelt, um ein kleines Feuer ausgebreitet haben. Er tut es ihr gleich. Es herrscht Totenstille. Einer der Männer hält ihm eine Pille entgegen. Sie sieht aus, wie die, die er im Atrium von Melina bekommen hat. Im ersten Moment lehnt er dankend ab, kommt allerdings nur wenige Sekunden später auf das Angebot zurück. Er will nicht umsonst so weit gegangen sein. Außerdem hat er es beim letzten Mal auch nicht bereut. Er greift zu, wirft sich die Pille ein und spürt unmittelbar, wie sie zu wirken beginnt. Die sie umgebenden Fassaden sind vollgeschrieben mit Phrasen, von denen Daniel eine besonders ins Auge fällt. In blutroter Farbe steht über einer vernagelten Tür die Frage „Lebst du dein Leben?" geschrieben. Alle Anwesenden scheinen voll und ganz in sich gekehrt und in Gedanken versunken zu sein. Daniel hätte niemals damit gerechnet eines Abends im Freien, mit fremden Leuten, um ein Feuer zu sitzen. Viel zu abstrus scheint ihm diese Vorstellung, doch nun sitzt er da und fühlt sich überraschend angekommen. Er versucht sich vorzustellen, wo in Utopia er sich in etwa befinden muss, doch er hat völlig die Orientierung verloren. Seine Gedanken schweifen um all die neuen Eindrücke des Tages.

Plötzliche Hektik reißt ihn aus seinem Gedankenpalast zurück auf den feuchten Hinterhof. Einige Jugendliche suchen panisch das Weite. Daniel stupst Melina vorsichtig an, um sie nicht zu überstürzt wachzurufen. Er hofft von ihr zu erfahren, was los ist. Schließlich kennt sie sich doch aus. Keinerlei Reaktion.

Sie ist der Grund. Ihre blauen Augen starren leblos ins Feuer. Sie sitzt da, in sich zusammengesackt und eiskalt. Daniel schaut wieder ins Feuer, von den Tabletten wie eingeschläfert, so ruhig. Die geflohenen Jungen haben in ihrer Eile ihre Pillen in kleinen transparenten Tütchen liegen lassen. Daniel reißt sie an sich. Er wirft sich mehr und mehr von ihnen ein, als müsste er etwas verdrängen, dabei weiß er schon seit der dritten nicht mehr was. Und das Gefühl bleibt. Es soll ihn noch eine ganze Weile verfolgen. Er sieht Muster und Farben, wie es sie gar nicht geben kann. Quadrate, die in sich zu Kreisen verschmelzen und rot-grün umrandet sind, um sich vom farblos matten Untergrund abzuheben und eine vierte Dimension schaffen, die Außerhalb von Raum und Zeit zu existieren scheint. Er hört Musik, laut und deutlich. Ihm singt jemand ins Ohr. Hier in diesem Moment. Es ist ihr Lied. Es scheint sich aufgehangen zu haben, wie in einer

Zeitschleife gefangen hört er dieselbe Stelle wieder und wieder. Er geistert durch die Gegend, ohne sich auch nur einen Hauch zu bewegen, und entdeckt die Welt von Neuem. Als wäre es das selbstverständlichste Ereignis, hört er den Dreiecken beim Tanzen zu. Es ist eine Erfahrung, wie er sie noch nie gemacht hat und doch bereitet es ihm keine Sorge. Der sonst so verschlossene und stupide Gehorsam leistende Daniel ist soeben einem Alter Ego begegnet, das in ihm für alle Zeit verschlossen und versiegelt begraben liegen sollte. Noch einige Minuten lauscht er der Komposition der Farben und schaut den Formen beim Wandeln zu, ehe er seine Augen wieder öffnet und eine alte Frau vor sich stehen sieht.

Daniel schreckt auf und kriecht einige Zentimeter nach hinten, so real scheint sich der Blick der Frau in seine Seele zu bohren. Im nächsten Moment steht sie mit dem Rücken zu Daniel an der Häuserfassade und schreibt etwas an die Wand.

Er redet sich ein zu halluzinieren, immerhin bleibt Melina auch ruhig. Daniel bemüht sich zu lesen, was die Frau für eine Nachricht hinterlässt, aber so sehr er auch versucht seinen Blick zu fokussieren, seine Augen spielen ihm einen Streich und er erkennt nichts als wirre Striche.

Nur die Silhouette der Fremden kommt ihm seltsam bekannt vor.

DREI

Sie kam auf ihn zu. Ein leerer Raum. nebelschleiernde Wände und ein texturloser schwarzer Boden. Melina kam näher.

„Ich werde sterben", flüsterte sie ihm ins Ohr.

Er versteinerte vor Fassungslosigkeit, schloss sie in seine Arme.

„Niemand wird sterben, wovon redest du?"

„Nein, ich werde sterben", sagte sie, ohne jegliche Emotion zu zeigen.

„Nein! Du wirst nicht sterben! Niemand wird sterben!"

„Du verstehst nicht."

Sie hob ihren Arm. In ihrer Hand ein Revolver. Er, immer noch wie zu Granit erstarrt, drückte sie so fest er konnte an sich, doch sie hob ihn weiter, golden und glänzend, einem unvergesslichen Eindruck, bis an ihre Schläfe. Sie drückte ab. In dem Moment, in dem er den Knall vernahm, der das lodernde Feuer im Herzen seiner Geliebten ausblas, spürte er einen Tsunami. Eine alles niederreißende Welle, Dörfer und Dämme zerschmetternd. Eine Leere so stark, dass sie das Vakuum des Weltraums auseinanderreißen würde. Daniel dachte, er würde sterben. Ihm wurde schlecht, schwarz vor Augen. Er hatte das Gefühl zusammen zu brechen, doch er blieb stehen. Er wünschte sich aufzuwachen aus diesem Albtraum, doch Sekunde um Sekunde wurde es mehr und mehr Realität.

Er wacht auf. Mit Tränen in den Augen und in Schweiß gebadet braucht er einen Moment, bevor er mit dem Traum genug abgeschlossen hat, um aufzustehen. Er zwingt seine Tablette hinunter und geht dem üblichen Prozedere nach, wie jeden Morgen. Träge schleppt er sich durch den Flur, klappt lustlos sein Brot zusammen, wirft seinen Rucksack über und knallt die Tür vorsichtig hinter sich zu. Schließlich will er ja niemanden durch unnötige Lärmbelästigung nerven. Die Blätter an den Bäumen beginnen allmählich ihre Farbe zu verlieren. Er lässt sich mit dem Fluss der Straße in Richtung der Republika Eisenwerke treiben. Nur gerät der Straßenfluss wenige Meter vor dem Eingangstor der Eisenwerke ins Stocken. Die Passanten werden von einigen Fahrzeugen an den Straßenrand gedrängt. Ein Konvoi von Militärvehikeln, gefolgt von pompösen Zivilfahrzeugen fährt an den von Zeitdruck geplagten Arbeitern vorbei stadtauswärts. Ein gewöhnlicher Anblick für diese Straße und diese Uhrzeit. Unmittelbar nachdem sie vorbeigezogen sind, füllen die Menschenmassen wieder die Straße und Daniel erreicht ohne weitere Verzögerung die Fabrik. Alle Arbeiter haben sich in der Eingangshalle versammelt und lauschen der allmorgendlichen Ansprache des Vorarbeiters, der bereits voll im Gange ist.

„Aus diesem Grund bitten wir Sie sich beim Betreten ihres Arbeitsplatzes bei dem jeweils zuständigen Vorgesetzten zu melden. Wir werden uns schnellstmöglich um die Reparatur des Registrierungssystems kümmern und den Verantwortlichen ausliefern. Die Entität wird ihm seiner gerechten Strafe zuführen."

Daniel ist auf der Stelle klar, wovon der Mann spricht. Er spielt es herunter, die Angst, die Anspannung, alles das was ihn binnen Sekunden zu zerfressen droht. Sobald der Redner seine Bühne verlässt, macht er sich auf den Weg zu den Fließbändern. Er treibt mit der Menge, tut so unschuldig und unwissend wie die anderen, doch weiß er genau, was ihm droht. In der Reihe als einer der Ersten macht er sich Gedanken, was er auf Fragen antworten könnte, oder ist Flucht vielleicht der best mögliche Ausweg?

„Name?", fragt ihn sein Vorgesetzter, als er den Kopf der Schlange erreicht. Daniel verrät dem Mann seinen Namen, der einen Haken auf seinen Zettel setzt und ihn durchwinkt. Erleichtert geht er weiter. Nicht mal ein schräger Blick oder eine Ausweiskontrolle. So unbedeutend scheint er zu sein, dass ihm nicht einmal zugetraut wird, der Saboteur zu sein. Er scheint vorerst glimpflich davongekommen zu sein. Er erreicht seinen Arbeitsplatz und fängt an zu stempeln. Blatt für Blatt greift er vom Fließband und besiegelt die Kaufurkunden und Verträge. Nichtssagende Seriennummern und Modellnamen von Geräten und sonstigen Gütern, die an Privatleute sowie an den Staat gehen. Während er die Berge von Papieren erklimmt, füllt sich die Halle immer weiter. Kaum ein Arbeiter wird genauer kontrolliert. Doch bei einer jungen Frau dauert die Befragung deutlich länger als bei den anderen. Daniel wird als einziger auf die stockende Schlange aufmerksam und schaut der Frau gespannt zu, wie sie Sekunde um Sekunde panischer wird, bis sie schließlich von bewaffneten Leuten abgeführt wird und sein Vorgesetzter auf einen Schlag alle noch Wartenden durchwinkt und in seinem Büro verschwindet. Daniel macht sich wieder ans Werk. Kaum ist er voll bei der Sache, dröhnt es von den Lautsprechern an der Hallendecke.

„Ein triumphaler Sieg der Gerechtigkeit. Durch das konsequente und unbeirrte Vorgehen unseres Personals konnten wir die Terroristin überführen, die versucht hat, durch einen feigen Anschlag auf die Republika Eisenwerke unserem Staat zu schaden und unseren Platz an der Spitze zu sabotieren." Untermalt von epischer Musik geht die Lobeshymne zu Ende. Lauter Jubel bricht aus und hallt durch das Gebäude, nur einer bleibt ganz still. Daniel ist nicht zum Jubeln zumute. Ihm ist klar, dass sie die falsche erwischt haben. Die unschuldige Frau wird an seiner Stelle bestraft werden und Höllenqualen ertragen müssen, aber die Angst sich zu stellen und sie damit zu retten ist zu groß, also arbeitet er einfach weiter. Daniel versucht die Gedanken an Schuld und Angst zu vergessen. So verstreicht die Zeit bis zur Mittagspause und auch die zweite Schicht in der elenden Gewissheit, keine Strafe mehr fürchten zu müssen. Seine Konzentration wird nur von den ab und an vorbeifliegenden Jagdflugzeugen unterbrochen, die an diesem Tag intensive Tiefflugübungen zu machen scheinen. Zum Ende seiner Schicht sind etwa alle fünf Minuten neue Flieger und sogar vereinzelte entfernte Schüsse zu hören. Die Arbeiter scheint das Treiben nicht allzu sehr zu interessieren, auch wenn Schießübungen schon etwas Ungewöhnliches sind, vor allem so nah an Utopia. In dem Moment, in dem Daniel die Arbeit niederlegen will, wird die Sirene, die das Schichtende signalisiert, von einer noch lauteren, ohrenbetäubenden überdeckt. Ein so hohes Kreischen, dass selbst die gestandenen Männer sich ihre Ohren zuhalten. Ein immer lauter werdendes Pfeifen, das alle Arbeiter zu Boden und Trommelfelle zum Bersten bringt. Als der Lärm nicht mehr lauter werden kann, verstummt er mit einem Knall. Ein Beben erschüttert das Gebäude und die Säulen der Halle biegen sich unter der Last weit über ihr Pensum hinaus. Die

Menschen sind ratlos, jeder Versuch sich zu erklären, was passiert ist, scheitert oder es wird ihm durch herabfallende Brocken aus der Decke ein jähes Ende bereitet. Immer mehr Säulen und Wände brechen in sich zusammen, bis die übrigen dem Gewicht des Gebäudes nicht mehr standhalten können und die Halle wie ein Kartenhaus zusammenklappt. Daniel und die anderen sind lebendig begraben, unter mehreren Metern Schutt und Steinen. Fassungslos liegt er da. Verschüttet und blind vor Dunkelheit. Ein Wunder, dass er nicht zwischen zwei Steinen gelandet ist. Er sondiert die Lage. Ein Hohlraum, etwa zwei Meter lang, ein Meter breit und gerade so hoch, dass er in ihm liegen kann. Ansonsten umgibt ihn nichts als Staub, kleine Steinchen und vereinzelte dumpfe Schreie. Sekunden vergehen wie Stunden und die kleinste Bewegung gleicht dem Ende eines Marathons. Daniel fühlt keinerlei Schmerzen, nur etwas Druck auf den Rippen und ein kleines Stechen in seinem linken Arm, der sichtlich gebrochen ist. Das Adrenalin lässt ihn nichts fühlen. Er könnte Berge hinaufrennen und Bäume ausreißen, doch die Steine über ihm, die er versucht zur Seite zu schieben, bewegen sich keinen Millimeter. Nach etwas mehr als einer gefühlten Ewigkeit bemerkt Daniel wie sich über ihm etwas tut. Er versucht ganz ruhig zu liegen, um zu hören, was da über seinem Kopf passiert. Sein Atem hallt von den Wänden seiner kleinen Höhle und kleinstes Gestein rieselt von der Decke in sein Gesicht. Er hört Stimmen, die sich hektisch koordinieren und Gepolter von Brocken, die sie zur Seite räumen. Daniel der schon seit Beginn des Unglücks erstaunlich ruhig geblieben ist, spürt wie er mit der Zeit noch ruhiger wird und das Denken schwerer fällt. Seine Augen werden schwer und der Atem flach, der Sauerstoff geht ihm aus. Er hat sein Ende bereits akzeptiert und die Augen geschlossen, als sich einer der Steine aus der Decke löst. Er gibt einen dünnen Spalt frei, durch den etwas Tageslicht hineinfällt, das Daniel direkt in die Augen scheint. Der Strom von frischer Luft, die sich um ihn ausbreitet, küsst ihn wach. Er reißt seine Augen auf und nimmt ein paar hektische, tiefe Atemzüge, die ihn mit neuer Energie füllen. Daniel beginnt zu schreien, nach Hilfe zu rufen. Zuerst nur zögerliche vereinzelte Rufe, doch schließlich lange hysterische Schreie, von Angst und Verzweiflung bis in den kleinsten Winkel der Ruine gedrängt, und dann eine Reaktion.

„Ich glaube da ist jemand!" Eine hohe Stimme. Sie klingt überrascht, nahezu ungläubig, tatsächlich jemanden unter dem Schutt gehört zu haben. Mehrere Menschen eilen herbei und beginnen die Trümmer wegzuräumen.

„Wo sind Sie", hallt es zwischen den Fugen hindurch.

„Hallo? Antworten Sie!", doch keine Reaktion.

Daniel versucht ihnen ein Zeichen zu geben, doch keine Chance. Er bringt keinen Ton mehr heraus. Der ganze Staub hat seinen Hals nahezu einbetoniert und Kraft, um mit Steinen zu schlagen oder gegen die Wand zu klopfen hat er auch nicht mehr. Er liegt völlig hilflos da und hört zu wie ein Helfer nach dem anderen aufgibt nach ihm zu suchen und anderen Spuren von Vermissten nachgeht.

Er ist wieder allein und kann nichts tun, um dies zu ändern. Zu seiner Linken liegt eine Scherbe. Daniel schaut sein Spiegelbild in diesem zerkratzten Bruchstück an. Er hat zerzauste Haare, ein blutiges Gesicht und dicke dunkle Augenringe. Für einen Augenblick scheint sein Gesicht zu verschrumpeln und so faltig und gedrungen wie das eines alten Mannes zu sein. Sein Körper ist am Ende, ringt mit dem Tod und spielt ihm Streiche. Daniel beschließt, dass es das Beste sei, zu schlafen, er hat alles in seiner Macht stehende getan, um sich zu retten. Nun liegt es nicht mehr in seiner Hand. Daniel schließt die Augen. Sein Körper ist derart entkräftet, dass es einem ohnmächtigem Zustand gleicht, doch sein Verstand will sich nicht völlig abschalten und somit den letzten Rest Kontrolle abgeben. So liegt er da. Eine weitere Ewigkeit im Halbschlaf und wartet auf den Tod. „Verdammt! Kommt her, ich hab einen!", die hohe Stimme von vorhin, nun weitaus weniger überrascht, aber immer noch ungläubig. Mit letzter Kraft öffnet Daniel seine Augen und schaut einer jungen Frau ins Gesicht. Sie hat die Suche nicht aufgegeben. Mit Hilfe der herbeieilenden Leute schleppt sie die Steine die Daniel festhalten weg und bringt ihn in Sicherheit.

Sie tragen ihn über das Trümmerfeld, vorbei an abgetrennten Körperteilen und über die unendlich scheinende, blutgetränkte Schuttwüste, in ein Lazarett, wo er versorgt wird. Die Schwestern und Ärzte wirken völlig überfordert und machen den Eindruck als wüssten sie gerade so, was sie tun. Notdürftig untersuchen sie ihn, versorgen Arm und Brustkorb sowie andere größere Schrammen und Wunden und schicken ihn dann auf schnellstem Wege nach Hause, um Platz für den nächsten Patienten zu machen. Da er noch laufen kann, wird erwartet, dass er den Weg zu Fuß schafft und Daniel macht sich auf. Das ganze Viertel liegt in Schutt und Asche. Er tut sich schwer überhaupt zu erkennen, wo die Straße verläuft. Vereinzelt sieht er andere, die ebenfalls versuchen sich ihren Weg zu bahnen und reiht sich hinter ihnen ein. Wie Ameisen klettern sie über die Brocken auf der Straße, immer entlang des Weges. Nach einiger Zeit endet die Tortur vorbei an dem Chaos und den Ruinen, dem Militär und der Öffentlichen Sicherheit, an der noch intakten Hauptstraße, von wo aus der restliche Heimweg wie immer verläuft. Je mehr er sich dem Stadtzentrum nähert, umso weniger zeichnet sich die Zerstörung des Industrieviertels und die Panik in den Straßen. Als hätten die Leute nichts von den Geschehnissen außerhalb gehört, gaffen sie Daniel im Vorbeigehen an. Gezeichnet von den einstürzenden Gebäuden und dem verschollen sein, ist er für die nichts ahnenden Passanten der verschont gebliebenen Viertel ein Dorn im Auge. Daniel kann ihnen nicht in die Augen schauen, aus Angst, sie würden mehr über ihn erfahren, als er sich eingestehen will und so eilt er mit dem Blick auf den Bordstein gerichtet nach Hause, um dem Urteil der anderen zu entgehen. Zu allem Überfluss beginnt es kurz vor seinem Ziel auch noch zu regnen, wobei der Regen den Bränden in der zerstörten Vorstadt Einhalt gebieten könnte. Völlig durchnässt und entkräftet schleppt er sich das Treppenhaus hinauf und ist endlich angekommen. Er legt sich zum Ausruhen aufs Bett, doch zu seinem Pech muss er bald feststellen, dass eine Dachgeschosswohnung mehr als nur den Nachteil hat, dass sie im Sommer sehr warm wird. Die Decke ist undicht und der inzwischen zum Gewitter herangewachsene Regen bahnt sich seinen Weg durch die Dachschindel und den Dachstuhl in seine Wohnung. Er holt Eimer und Tassen und platziert sie überall dort, wo die Tropfen landen. Schon bald ist sein ganzer Flur übersät mit

Gefäßen, die auf dem durch Nässe aufgequollenen Parkett verteilt sind und er legt sich wieder hin. Er lauscht dem niemals zu enden scheinenden Regen, wie er auf das Dach prasselt und den Tropfen, wie sie von der Decke fallen und die Tassen langsam, aber sicher zum Überlaufen bringen. Wenn er Melina nur von diesem Tag erzählen könnte.

VIER

Nichts als das unregelmäßige Knattern eines alten Zweitaktmotors. Völlige Stille. Um ihn herum seine Kameraden und natürlich Melina an seiner Seite. Alle Soldaten klammerten sich an der knappen Wand des Anhängers fest, um auf der holperigen Stecke nicht vom Wagen zu fallen. Er bestand darauf, seine Einsätze mit Melina zu verrichten, doch ob das einen wirklichen Einfluss auf die Gruppenkonstellation hatte bezweifelte er selbst. Eine halbe Ewigkeit dauerte die Fahrt ins Nirgendwo. Der Konvoi hielt in einem Waldstück nahe der Talbrücke, einem strategisch wichtigen Ziel für Republika. Um nicht entdeckt zu werden, müssen die Fahrzeuge zurück bleiben. Die Soldaten gingen zu Fuß weiter und würden vor Ort weitere Anweisungen erhalten. Daniel, Melina und drei weiteren Soldaten wurde aufgetragen, eine kleine Hütte im Tal zu sichern. Sie marschierten los, ohne Umwege zur Lichtung, die sie bereits beim Eintreffen sahen und observierten die Hütte. Daniel war der Truppführer. Die anderen hatten so vorzugehen, wie er es befahl. Für jedes Blatt, dass von den Bäumen fiel, verging eine Stunde, so langweilig war ihr Auftrag. So eintönig ihr Warten, doch für keinen Moment wichen die disziplinierten Soldaten von ihrem Platz. Bis Daniel schließlich den Befehl gab vorzurücken. Er voran. Zur selben Zeit wie die anderen um die Brücke herum platzierten Trupps näherten sie sich ihrem Ziel. Es hatte sich nichts in der Nähe der moderigen Hütte bewegt. Von trüber Sicherheit behütet drangen sie ein. Es war bereits Nacht geworden. Die dritte Nacht ihres Tages, so viel Zeit war vergangen, seit sie aufgebrochen waren und zu zuletzt geschlafen hatten. Er war todmüde. Die Hütte schien verlassen. Umgestürzte Möbel und verschlissene Teppiche zierten das Zimmer, in dem sie sich befanden. Sie teilten sich auf. Zwei Soldaten schickte Daniel in die Räume des Erdgeschosses, Melina und den übrigen Kameraden befahl er das Dachgeschoss zu erkunden. Er blieb alleine zurück. Sobald die anderen im Flur verschwanden, breitete er seine Geräte aus. Alles was man für ein vorübergehendes Quartier braucht, so wie die Sendeeinheit, schließlich hatte er dem Heeresführer Bericht zu erstatten, sobald sie etwas finden würden. Er hielt die Stellung. Sobald die anderen etwas fänden, würden sie sich wieder in dem Zimmer treffen und das weitere Vorgehen besprechen. Er wunderte sich wie fit die anderen zu sein schienen. Die lange Zeit, die sie nun schon auf der Mission waren, forderte seinen Tribut und er schlief ein.

Er wacht auf mit einem Schrei. Für einen Moment denkt er, noch auf der Mission zu sein, ehe er realisiert, dass es nur ein Traum gewesen ist. Erleichtert lässt er sich wieder ins Bett fallen, um noch ein paar Atemzüge zu nehmen, dann steht er auf. Sein eingegipster Arm schmerzt. Er pocht und der Gips trieft vor rot-gelbem Sekret. Es ist schlimmer als zuvor. Die Tassen sind alle vollgelaufen und es regnet noch immer. Er greift nach seiner Tablette, doch Daniel greift ins Nichts. Er schaut auf sein Schränkchen. Sie ist nicht da. Hat er sie schon genommen? Die Tablette ist jeden Morgen an Ort und Stelle, es ist noch nie vorgekommen, dass sie einfach nicht da war, aber was soll er schon tun? Es gibt jeden Tag nur die eine, er hat keine Reserve. Gezwungenermaßen macht er sich also, ohne die Tablette zu nehmen, fertig für die Arbeit, auch wenn die Fabrik nicht mehr steht. Was soll er anderes tun? Er macht sich ein Brot mit den letzten beiden Scheiben, die er noch hat, packt seinen Rucksack und verlässt seine Wohnung. Es muss die ganze Nacht durch geregnet haben, so überflutet wie die Straßen aussehen. Auf ihnen herrscht wie an jedem Morgen bereits reges Treiben und Daniel schließt sich dem Strom stadtauswärts an. Er kann beobachten wie die Verwüstung immer mehr zunimmt, je weiter er sich von der Innenstadt entfernt. Die sonst so gut aufeinander abgestimmten Passanten scheinen an diesem Morgen alle etwas hilflos und überfordert mit der Masse an Menschen zu sein. Es gibt viel Gedränge und viele genervte Kommentare. Auch Daniel ertappt sich dabei, wie er eine ältere Dame beschimpft nachdem sie ihn kommentarlos ausgebremst hat, um die Straßenseite zu wechseln, woraufhin die alte Frau ihn angespuckt hat und er, erschrocken von sich selbst, schnell weiterzieht. Der restliche Weg bleibt geprägt von griesgrämigen, blankliegenden Nerven und strömenden Regen.

In den Ruinen des Industriegebietes sieht er schon von Weitem die Arbeiter auf die Trümmer ihrer ehemaligen Arbeitsplätze schauen. Er gesellt sich zu seinen Kollegen, die allesamt vor der Ruine der großen Eingangshalle stehen. Niemand weiß was zu tun ist. Schließlich hat ihnen niemand gesagt, was sie tun sollen, ja nicht einmal wieso die Fabrikgebäude zerstört sind, wurde ihnen mitgeteilt. Sie warten den gesamten Vormittag, bis schließlich ein Mitarbeiter des Ordnungsdienstes mit Hilfe eines Megafons auf sich aufmerksam macht.

„Im Namen der Entität erkläre ich die Republika Eisenwerke für geschlossen."

Sie sind völlig durchnässt, erschöpft und nun auch noch arbeitslos, wobei letzteres, abgesehen von der Langeweile, die es mit sich bringt, kein Problem darstellt. Die Regierung wird ihnen schon einen neuen Arbeitsplatz zuweisen und bis dahin müssen sie eben mit der Mindestverpflegung an Essen und Medien auskommen. Nachdem sie sich noch etwas verwirrt umgesehen haben, machen schließlich alle Arbeiter kehrt. Auch Daniel macht sich auf den Weg, doch nicht nach Hause, sondern zur städtischen Bibliothek. Normalerweise hat er nicht so viel Freizeit, dass er sie fürs Lesen opfern würde, doch jetzt wo er arbeitslos ist, braucht er etwas, das ihn davor bewahrt, wahnsinnig zu werden.

Trotz des Regens ist auf den Straßen Utopias genau so viel los wie an jedem anderen Tag auch. Den Weg kennt er, wenn auch nur in der Theorie, auswendig. Daniel ist nicht der einzige, der sich etwas Beschäftigung suchen muss. Er ist noch nie zu dieser Uhrzeit am Unterhaltungsviertel vorbei gekommen und traut seinen Augen kaum, als er sieht, wie viele Menschen sich zu dieser Stunde schon in den Kneipen und Theatern herumtreiben. Dutzende sehnsüchtige Augen, die aus den Theatern in die Kneipen und wieder zurücktreiben, in der Hoffnung ihrem öden Leben zu entrinnen.

Als er die Bibliothek erreicht, muss er nur noch an der Masse von Suchenden vorbei, an ein Regal in dem noch Bücher stehen, die meisten sind jedoch leer. Es gibt sehr viel weniger Bücher, die zur Verfügung stehen, als lesehungrige Bürger und so wird um jedes Exemplar gekämpft, besonders heute wo sowieso jedermanns Nerven blank liegen. Es gleicht einer Suche nach der Nadel im Heuhaufen, wie die Menschen durch die leeren Gänge huschen auf der Suche nach etwas Lesbarem. Als Daniel schließlich in einem verstaubten, abseits des Flurs liegendem Regal zwei Bücher sichtet, pirscht er sich an. Unauffällig und bedacht, die Konkurrenz nicht auf sich aufmerksam zu machen, nähert er sich der Beute und greift zu. Ohne zu sehen um was für Bücher es sich handelt, klemmt er sie im Schwitzkasten seines Gipsarmes und bringt sie behütet wie einen Schatz, zur Ausleihe. Vorbei an den immer noch suchenden, die seine Beute mit gierigem Blick verfolgen, bis zur Bibliothekarin. Im routinierten Ton bittet sie Daniel, ihr seinen Ausweis zu geben, um die Bücher abzurechnen. Sie trägt seinen Namen in ihr Terminal ein und bestätigt die Eingabe.

„Sie haben nur ein Buch zur Verfügung. Welches soll es sein?"

Daniel ist verwirrt. Er leiht sich zwar nur selten Bücher aus, aber er ist sich sicher, mindestens zwei pro Woche zur Verfügung zu haben.

„Da muss ein Irrtum vorliegen, ich -", die Frau unterbricht ihn.

„Arbeiterklasse 0." Sie deutet auf eine Tabelle, die neben ihr an einer Säule hängt. Auf ihr sind alle Arbeiterklassen mit den dazugehörigen Zugeständnissen aufgeführt. Dann fällt es ihm ein, er ist auf Grund der Entlassung abgestiegen, von Arbeiterklasse 2b, der für Inlandgüter bestimmte Groß- und Kleinhandelsabfertigung, zur Klasse Null, den Arbeitslosen. Somit ist er in der untersten aller Klassen und hat nur noch die mindesten, zum Überleben notwendigen Dinge zur Verfügung. Die Tabelle führt auch die anderen Klassen auf. Klasse Eins die Hilfskräfte, Klasse Drei die innere Ordnung, Klasse Vier die Führung, sowie die Anhängsel b, c und d, die angeben, ob die Arbeiter fürs Inland, Ausland oder das Militär produzieren und arbeiten und einem je nach Konstellation zusätzliche Vorteile verschaffen.

Daniel kann nichts ändern, er muss sich entscheiden. Zum ersten Mal schaut er sich die Bücher an, eins älter und mitgenommener als das andere. „Eine Abhandlung über die glorreiche Flora und Fauna Republikas" und „Republika im Wandel der Zeit - von der Steinzeit bis in die Gegenwart". Daniel entscheidet sich für letzteres und gibt es der Bibliothekarin, die sichtlich genervt dreinschaut. Sie tippt den Namen des Buches ab und gibt es ihm mitsamt seinem Ausweis zurück. Das andere legt sie zur Seite, wo es innerhalb kürzester Zeit von anderen wie von Hyänen befallen wird. Daniel schnappt sich sein Buch und macht sich auf den Heimweg.

Er kann an nichts anderes als das Buch denken, er hat noch nie zuvor etwas über die Geschichte Republikas erfahren, oder über Geschichte überhaupt. Für ihn und auch die meisten anderen ist Republika nun einmal da und auch immer da gewesen, so wie die Entität, an dessen Spitze, auch.

Trotz des Regens und der vollen Straßen kommt er zügig an und stürzt sich gespannt auf das Buch. Einige Seiten fehlen oder sind bis zur Unlesbarkeit entstellt und bekritzelt, aber für das Alter des Buches ist der Zustand noch erstaunlich gut.

Es ist wahrscheinlich der älteste Gegenstand, den Daniel jemals in den Händen gehalten hat.

Nachdem er es, um einen groben Überblick zu bekommen, einmal durchgeblättert hat, fängt er an zu lesen.

„Schon seit dem Anbeginn der Geschichtsschreibung sind unsere Vorfahren den anderen Stämmen überlegen."

Der Großteil des ersten Kapitels ist unlesbar, oder nicht mehr vorhanden, einige Passagen sehen aus, als wären sie gezielt gestrichen worden. Ausschließlich von Siegen wir berichtet, die Niederlagen fehlen, nicht eine verlorene Schlacht, oder nur ein gescheiterter Feldzug seit der Steinzeit. Triumphale Helden und die bedeutendsten Wissenschaftler, alle standen sie unter Republikas Fahne. Eine Passage ist besonders interessant.

„Die heutige Grenze Republikas verläuft entlang des Meeres, zwischen den Mündungen des Rheins und der Oder, bis hinunter an die Donau und darüber hinaus." Er liest weiter „sowie Teile skandinavischen Ursprungs, große Teile Afrikas und ehemalige Gebiete des Chinesischen Reichs der Freiheit und der Russischen Föderation, von denen Letztere in den jüngsten Kriegen mühelos und ohne Verluste durch Kapitulation des Gegners annektiert worden sind."

„Am Meer zwischen Rhein und Oder", wiederholt Daniel leise. Er kann sich verschwommen erinnern, als Kind am Meer gewesen zu sein, aber seines Wissens nach liegt Republika nicht am Meer und das Land verlassen hat er noch nie. Die Karte, auf die der Text verweist, zeigt ebenfalls, dass Republika sehr wohl zwischen Rhein, Oder und Donau liegt, aber keinesfalls am Meer. Die oberen Abschnitte des Rheins und der Oder liegen im Niemandsland sowie die restlichen Teile der unzivilisierten Welt auch. Dort gibt es nichts als Heiden und Abtrünnige. Aber warum erinnert er sich, am Meer gewesen zu sein? Ihm fällt auf, dass die Karte wie aufgeklebt etwas über der Buchseite hängt. Mit dem Daumennagel pult er ein Stück der Karte vorsichtig zur Seite und entdeckt unter ihr eine weitere, weitaus ältere. Sie wurde übermalt und versucht unkenntlich zu machen, aber Daniel kann erkennen, dass die Grenzen Republikas auf ihr verlaufen, wie im Text angegeben. Republika hat also einst am Meer gelegen und Teile des Niemandslandes besetzt. Die Karte wurde bloß angepasst. So wie das kollektive Gedächtnis. Davon, dass Republika Teile Afrikas oder Asiens besetzt, hat Daniel noch nie gehört, wobei er auch eigentlich keine Ahnung hat, wie die Welt außerhalb Republikas aussieht. Er weiß zwar, dass es noch andere Länder gibt, aber wie sie heißen oder wo sie liegen, weiß er nicht. Auch wie Republika aussieht, hat er bis vor einigen Minuten nicht genau gewusst und auch jetzt ist er sich nicht sicher, was er glauben soll. Er blättert weiter, doch das restliche Buch besteht zu einem großen Teil aus gestrichenen Passagen, fehlenden Karten und Tabellen oder stumpfen Lobeshymnen auf die glorreiche Geschichte Republikas, die Daniel zwar liest, die ihm aber unglaubwürdig erscheinen. Ihm ist klar, dass er in der Stadtbibliothek keine Bücher mit falschen Fakten finden würde, doch die überklebte Karte, die gestrichenen Passagen und seine verwirrte Erinnerung an das Meer, an dem er nie hätte sein dürfen, machen ihn stutzig. Er überfliegt die restlichen, noch lesbaren Parolen und legt das Buch zur Seite. Er ist so vertieft in das Lesen gewesen, dass er gar nicht bemerkt hat, wie jemand einen Brief unter seiner

Tür hindurch geschoben hat. Als er ihn schließlich doch bemerkt, lassen ihn die Gedanken an das Buch endlich los und er steht auf, um ihn zu öffnen. Daniel holt den Brief an sein Bett und setzt sich. Kein Absender. Er öffnet ihn und liest was auf dem Stück Pergament geschrieben steht. Es ist die Mitteilung, auf die ein jeder Arbeitsloser wartet. Ihm wurde ein neuer Arbeitsplatz zugeteilt. Neben der Adresse und anderen Formalien steht dort auch, dass er nun zur Arbeiterklasse 3d gehört, er also militärisch bedeutende Arbeit zu leisten hat, was ihm einige deutliche Vorteile verschaffen wird. So wird er von nun an zur Arbeit gefahren und muss nicht länger laufen, außerdem hat er mehr Unterhaltungsmöglichkeiten und eine größere Essensauswahl zur Verfügung. Der Tag nähert sich seinem Ende und Daniel beschließt, dass er den Abend außerhalb verbringen will. Schließlich gibt es etwas zu feiern. Er überlegt, wie üblich ins Atrium zu gehen, doch irgendetwas drängt ihn dazu, der Tüte einen erneuten Besuch abzustatten. All diese Leute und Läden haben etwas faszinierendes, zauberhaftes an sich. Außerdem will er mit Melina sprechen. Ihm ist als bräuchte er sie jetzt.

Er macht sich fertig, packt sein Buch ein und verlässt das Haus. In der Hoffnung sich an den richtigen Weg zu erinnern, folgt er seiner Intuition immer tiefer ins Herz der Stadt, während die Sonne hinterm Horizont verschwindet. Als er so unbekümmert dem Straßenverlauf folgt, sieht er wie am Straßenrand einige Menschen eine junge Frau einkreisen und dann beginnen, den Kreis immer enger zu ziehen, bis sie schließlich zwischen ihnen verschwindet. Er schaut dem Schauspiel zu, will aber nicht in Angelegenheiten rutschen, die ihn nichts angehen. Er konzentriert er sich weiter auf seinen Weg und ignoriert die Hilfeschreie der Frau, die ihn gesehen und zu ihrem Retter auserkoren hat.

Pünktlich zum Sonnenuntergang erreicht Daniel den von Lichtern erleuchteten Platz, mit den vielen Läden. Wieder treiben sich dort dutzende Menschen herum und die Musik dröhnt aus den Häusern. Daniel drängelt sich durch die Menge, um den Platz mit dem Lagerfeuer wiederzufinden, in der Hoffnung, dort die anderen, ihm vertrauten Gesichter zu treffen. Als er ankommt erkennt er ihn kaum wieder. Die Wände sind vollgeschrieben mit der Frage, die ihm beim letzten Mal so aufgefallen war.

„Lebst du dein Leben?"

In verschiedenen Größen, Farben und Schriften ziert die Frage die Wand in hunderten Versionen. Das Einzige, das ihm zeigt, dass er richtig ist, ist das Lagerfeuer und die Gruppe der jungen Männer, die wie letztes Mal um das Feuer herumsitzen.

Als sie ihn entdecken rufen sie ihn herbei und begrüßen ihn so herzlich wie einen alten Freund. Er setzt sich zu ihnen. Sie kommen ihm allesamt bekannt vor. Es sind alles die alt bekannten Gesichter, doch vor allem das schrumpelige, faltige Gesicht der alten Frau, die bei ihnen sitzt, gibt ihm das Gefühl hier richtig zu sein.

Sie beobachten das Feuer und erzählen sich Geschichten, als würden sie sich ewig kennen, was aber auch an den Tabletten liegen kann, die sie sich einwerfen. Daniel muss an das Buch denken. Eventuell wissen die anderen etwas über seinen seltsamen Fund. Er fragt in die Runde, ob einer der

Anwesenden schon einmal am Meer gewesen sei. Alle verneinen, bis auf die alte Dame.

„Wann ist das gewesen?", fragt Daniel interessiert.

„So vor 10 Jahren müsste das gewesen sein", antwortet sie, nachdem sie einige Sekunden angestrengt nachgedacht hat.

„Das passt, da war ich noch ein Kind", spricht Daniel aus, was er eigentlich nur denken wollte. Schnell bemerkt er wie unvorsichtig es von ihm gewesen ist, das zu sagen. Er schaut in die Runde, doch niemand scheint es gehört zu haben. Er holt sein Buch aus der Tasche und zeigt der alten Frau die Seite mit der Karte.

„Was hältst du davon?", fragt er, als er ihr die Karte unter die Nase hält. Die Frau scheint nicht recht zu wissen, was sie antworten soll.

„Nun, mein Junge", sagt sie mürrisch, „das ist völliger Unfug. Republika hat niemals am Meer gelegen."

„Aber du warst doch dort, oder nicht?"

Die Frau lächelt.

„Da habe ich mich wohl vertan", antwortet sie und drückt das Buch von sich weg.

Daniel will diese Antwort nicht akzeptieren, spürt aber, dass er wohl keine zufriedenstellende Antwort zu erwarten hat.

Sie starren ins Feuer und lauschen weiter den Geschichten, die sie sich gegenseitig erzählen. Nach einiger Zeit, die sie da so unschuldig verbracht haben, fällt Daniel trotz seines benebelten Bewusstseinszustands ein, weshalb er überhaupt erst gekommen ist. Er sucht die geheimnisvolle Frau und fragt die anderen, ob sie wüssten, wo er Melina finden könne, doch er erhält keine Antwort. Nur Blicke, die ihn erraten lassen, dass sie mehr wissen, als sie sagen wollen.

Nach und nach verlassen die Männer die Runde. Als nur noch Daniel und die alte Frau am Feuer sitzen und Daniel beschließt auch zu gehen, schließlich war er es, der mit seiner Frage den Nagel in den Sarg des Abends geschlagen hat, hält sie ihn auf.

„Weißt du Daniel", beginnt sie, „der menschliche Verstand ist zu unvorstellbaren Dingen in der Lage und manchmal übersteigen sie unsere Fähigkeit sie zu verstehen."

Sie hält ihm eine Pille entgegen. „Hier, zur Feier des Tages", ergänzt sie.

Daniel bedankt sich. Er schluckt die Tablette hinunter, ohne groß zu zögern.

Im nächsten Moment liegt er in seinem Bett. Er erinnert sich nicht, wie er nach Hause gekommen ist oder dass er sich ins Bett gelegt hat. Das Einzige, das er weiß, ist dass es ihm gut geht. Er fühlt sich, als hätte er gefunden, wonach er sein Leben lang gesucht hat. Die Wärme nach der er sich all die Jahre so gesehnt hat. Er schließt seine Augen und genießt.

FÜNF

Er lag neben ihr. Sie beide starrten den handgemalten Sternenhimmel der Schlafzimmerdecke an. Melina in seinen Armen zu halten, das erfüllendste Gefühl, dass er sich vorstellen konnte. Als würde sie von den Sternen kommen, um seine finsteren Träume zu erhellen. Die Personifikation von allem, was ihm fehlte. Sie stand auf und zerrte ihn sanft aus der Wohnung raus auf die leere Straße. Sie waren alleine. Völlige Ruhe bis auf ihr kichern, als sie anfing Pirouetten über den Asphalt zu malen. Ihr Nachtkleid schwang im Wind und wie verzaubert fing er an, in ihre Fußstapfen zu treten und sie tanzten gemeinsam durch die Dunkelheit, dann stolperte sie, fiel zu Boden und schlug mit dem Kopf auf. Eine rote Pfütze bildete sich um sie herum.

Er wacht auf, in einer Gasse, klitschnass vom Regen. Er erinnert sich nicht daran, wie er dort gelandet ist und stempelt es alles als Traum ab, zu unwahrscheinlich scheint es ihm, doch sein unrühmliches Erwachen im Müll des Nachbarhauses ist nicht seine größte Sorge. Die pilgernden Menschen auf der von einer dicken Laubschicht bedeckten Hauptstraße machen ihm klar, dass es Zeit ist, sich auf den Weg zur Arbeit zu machen.

Er wirft einen Blick auf seinen schmerzenden Arm und entdeckt eine klaffende Wunde. Sein Arm ist entzündet und zeigt sämtliche Farben des Regenbogens. Er brennt. Erschrocken zieht er den Ärmel seines schmutzigen Pullovers hoch und legt dabei ein Tattoo frei.

„Lebst du dein Leben?"

Es verläuft über die Innenseite seines linken Oberarmes und sieht aus, als wäre es von einer ungeübten Hand geschaffen worden, die es dazu auch noch eilig hatte. Die Zeit drängt. Er beschließt das Kunstwerk später genauer zu betrachten und klettert aus dem Müllberg, in dem er liegt. Notdürftig bedeckt er die Wunde mit ein paar Tüchern und zieht den Ärmel seines Pullovers darüber. Er sprintet nach Hause. Hastig schnappt er was er für den Tag braucht und spritzt sich etwas Wasser ins schmutzige Gesicht, um wenigstens einigermaßen annehmbar auszusehen. Das Bedürfnis, gesund und gepflegt zu wirken, hat er abgelegt. Er greift nach seiner Tablette, doch schon wieder liegt sie nicht an ihrem Platz. Daniel starrt einen Moment den leeren Flecken Nachttisch an, dann zieht es ihn weiter und er verlässt die Wohnung, so schnell wie er sie betreten hat auch wieder.

Vor der Haustür wartet bereits sein Chauffeur im Regen.

„Daniel Pearce. Einsteigen!"

Daniel gehorcht und steigt in den Wagen. Es ist ein geräumiger Van, sechs Sitze, von denen drei bereits besetzt sind und ein genervter Fahrer, der ihn wütend anblickt.

„Sie sind verdammt spät dran." Er drückt das Gaspedal runter bis auf den Asphalt. Die Menschen auf der Straße machen Platz, sobald sie das Motorengeräusch hören. Doch es scheint Daniel, als würden sie es nur tun, um nicht überfahren zu werden. Sie haben nicht diesen Ausdruck von Verständnis und Folgsamkeit in ihren Gesichtern, wie er es gewohnt ist. Sie kommen ohne größere Verzögerung beim nächsten Passagier an. Sie laden ihn auf und fahren weiter. Es geht stadtauswärts, vorbei an den Ruinen der alten Fabrik, die Daniel so fremd erscheint, als hätte er sie nie zuvor gesehen. Sie fahren weiter entlang der alten Hauptstraße durch ein kleines Waldstück und schließlich durch einen

Tunnel, hinein in einen Berg. Der Wagen hält und auf Kommando des Fahrers steigen sie aus. Daniel schaut sich um. Sie befinden sich in einem alten Parkhaus. So viele Autos hat er noch nie zuvor gesehen. Es hängen dutzende Lampen mit unterschiedlich starken und farbigen Birnen von der Decke und ein kühler Luftstrom bläst ihm ins Gesicht. Sie marschieren weiter hinein ins Gemäuer, von einem Flur in den nächsten und von einer Treppe auf die andere, ehe sie an ihrem Arbeitsplatz ankommen. Daniels Mitfahrer sind, allem Anschein nach, seine Kollegen. Sie suchen sich einen Platz am Fließband und nehmen die Arbeit auf. Daniel weiß nicht recht, was er tun soll, entscheidet sich dann aber an den Platz mit Stift und Stempel zu gehen, weil es ihm das Natürlichste scheint. Er greift sich den Stempel und beginnt die vorbeiziehenden Papiere abzusegnen. Die anderen sortieren, lochen und heften ab, wie im Akkord. Das Team arbeitet so eingespielt, als würden sie seit Jahren zusammen agieren. Als es zu Mittag klingelt, gehen sie nicht in eine Kantine, so wie Daniel es sich gedacht hat, sondern setzen sich gemeinsam an einen Tisch, der bereits in dem Raum steht. Er wartet darauf, dass die anderen ihre Brote rausholen, da er nicht der erste sein will, aber sie scheinen ebenfalls noch auf etwas zu warten. Dann öffnet sich knarrend die Tür. Eine Frau in steriler Kleidung schiebt einen Wagen hinein. In dem Moment, in dem sie die Tür öffnet und die Tabletts mit Essen zum Vorschein kommen, erfüllt sich der Raum mit einem köstlichen Geruch. Sie serviert den fünf Männern ihre Gerichte, wünscht guten Appetit und lässt sie wieder allein. Erst jetzt fällt Daniel auf, dass sie unbeobachtet waren, keine Wache, kein

Vorgesetzter, der ihre Arbeit begutachtet. Jetzt am Tisch ist der erste Moment, in dem Daniel sich traut, in die Gesichter der Anderen zu schauen. Sie sind ihm alle völlig fremd, bis auf das Gesicht der wahrscheinlich Ältesten in der Runde. Es ist das schrumpelige, freundliche Gesicht einer alten Dame, das einem schon beim ersten Anblick vertraut vorkommt. Sein Blick senkt sich wieder auf seinen Teller. Ihm wurden Rouladen mit Rotkohl und Kartoffeln vorgesetzt.

„3d", denkt er.

Das Essen ist kein Vergleich zu dem was er gewohnt ist. Es ist tausendmal besser. Es schmeckt frisch und fruchtig und echt. Gierig schlingt er es in sich hinein, so wie seine Kollegen auch. Pünktlich als sie aufgegessen haben, kommt die Frau zurück, um die Tabletts abzuholen und sie machen sich wieder an die Arbeit.

Bis auf das Dröhnen der Maschinen und des Ventilationssystems herrscht völlige Stille. Er hört keinen Regen, keine Stimmen, keine Vögel, ja nicht einmal ein Fahrzeug, obwohl er doch so viele gesehen hatte. Als er den Stempel zum hundertsten Mal anhebt, fällt ihm auf, dass die Nummern auf den Zetteln schon seit einigen Bergen von Papieren, dieselben sind. Er nimmt sich etwas Zeit und liest, was er da eigentlich die ganze Zeit abstempelt. Die Nummern werden von der Kollegin zu seiner Rechten eingetragen. Es ist die alte Frau, die bemerkt, dass Daniel sie neugierig anschaut.

„Willst wissen worum es geht, wa?", fragt sie ihn.

Daniel ist verblüfft von der scheinbaren Fähigkeit der Frau Gedanken lesen zu können.

„Wofür stehen diese Zahlen?"

„Prag", antwortet sie. „Jeder Ort und jeder Landstrich hat seine Zahl."

Sie deutet auf eine Liste mit Städtenamen und ihnen zugeordneten Zahlen. Mit dieser Information schaut Daniel sich erneut die Unterlagen an.

„S0147 nach *Prag* um C04 am G484937"

„S1568 nach *Prag* um C05 am G484937"

„S7439 nach *Prag* um C05 am G484937"

Es klingt wie Kauderwelsch. Doch da er nun weiß, dass T894 für Prag steht, und er im Dienst des Militärs steht, kann er sich erschließen, dass es sich bei den Papieren um Befehle zur Truppenbewegungen nach Prag handeln muss. Sichtlich schockiert von dieser Erkenntnis schaut er die alte Frau an, die bloß zurück lächelt. Er hat keine Wahl, er muss, auch wenn er keine Ahnung von militärischen Geschicken hat, weiterarbeiten und auf das strategische Können seiner Kollegen vertrauen. Nachdem er zig Befehle zum Marsch nach Prag erteilt und unzählige Schicksale besiegelt hat, bekommt er nach einer kurzen Verschnaufpause einen neuen Packen vorgesetzt.

„S0387 gefallen in Q714 am G314289 um A43"

„S0714 gefallen in Q714 am G314289 um A44"

So wiederholen sich die Codes, Zeile um Zeile für viele Seiten. Ungläubig blättert Daniel durch den Stapel Papier. Er wirft einen kurzen Blick auf die Tabelle seiner Kollegin. „Q714", er wird fündig: „Mittel-Weser-Raum". Hunderte von Toten am selben Ort, gestorben an einem Tag. Er hatte ja keine Ahnung. Diese ganzen Tode müsste er doch mitbekommen haben, aber kein Getuschel auf der Straße, keine Trauerzüge und keine Meldungen. Hunderte Menschen tot und niemand weiß davon. Niemand weiß warum und niemand weiß wozu. Er stempelt. Er will nicht weiterlesen, nicht noch mehr Schicksale erfahren, nicht noch mehr Leid ertragen müssen.

Als er den Stapel von Totenscheinen endlich fertig beglaubigt hat und der nächste Packen vor ihm liegt, schaudert es ihm. Vorsichtig hebt er das Deckblatt an, als würde das Schrecken darunter lauern und nur darauf warten ihn endlich anspringen zu können. Buchstabe für Buchstabe fängt er an zu lesen.

„Kommissbrot 200 nach B747"

„Kaffeeersatz 50 nach B747"

Ein Versorgungsbefehl. Daniel ist erleichtert. Keine Toten, keine Entscheidung über Leben und Tod. Nachdem er auch diesen Stapel fertig bearbeitet hat, kann er endlich den Stempel niederlegen. Fertig mit den Nerven und elendig erschöpft verlässt er mit seinen Kollegen den kalten Raum in Richtung Parkplatz. Wieder laufen sie durch Dutzende Gänge bevor sie ins Fahrzeug einsteigen und losfahren können. Der Fahrer bringt sie alle holprig, aber sicher nach Hause. Die uneinsichtigen Menschenmassen auf der Straße haben ihn dazu gezwungen, des Öfteren zu hupen, um sie nicht überfahren zu müssen. Es ist später Nachmittag, höchste Zeit zu essen. Daniel muss feststellen, dass seine Regale leer sind. Er muss einkaufen gehen. Zum Glück liegt der nächste Laden nicht weit von seiner Wohnung entfernt und er macht sich umgehend auf den Weg. Raus aus der Wohnung, über die Straße und etwa einen Kilometer geradeaus. Im Geschäft angekommen schleicht er durch die Gänge, ohne zu wissen, wonach er sucht. Er lässt sich von seinem Magen leiten und landet so schnell bei den Regalen der 4ten Klasse. Er will schon kehrt machen, da fällt ihm ein, dass ihm sein, dem Militär wichtiger, Beruf erlaubt, auch einzelne Waren aus diesem Segment zu kaufen. Drei Dinge, die außerhalb seiner Klasse liegen, darf er mitnehmen. Seine Wahl fällt auf Fertiggulasch, Kaffeeersatz und Schokoladenkuchenkonzentrat. Alles Dinge von denen er früher nur hätte träumen können. Den restlichen Einkauf erledigt er in den für ihn vorgesehenen Abteilungen der Klassen 0 bis 3. Es ist alles das übliche alltägliche Zeug, das er immer kauft. Er registriert seinen Einkauf mittels des Ausweises und bringt die Ware nach Hause. Die Erlebnisse von der Arbeit beschäftigen ihn immer noch. Beim Einräumen in die Schränke fällt ihm dann wieder die Frage ein, die ihn zu verfolgen scheint. Es ist als würde sie an seinem Schatten kleben.

„Lebst du dein Leben?"

Sie will ihm einfach nicht mehr aus dem Kopf gehen. Was er heute abgesegnet hat, lag bei Weitem außerhalb seines Rahmens. Es sind Entscheidungen gewesen, bei denen er sich nicht in der Lage fühlt, die Verantwortung zu übernehmen. Er hat Leute für tot erklärt und dafür gesorgt, dass andere noch sterben werden. Er hat es zwar nur unterzeichnet. Es ist nicht seine Aufgabe gewesen, zu lesen worum es geht. Aber wer muss er sein, um über das Leben anderer zu entscheiden, was gibt einem das Recht dazu? Er würde gerne mit seinen Kollegen darüber sprechen.

Wissen sie, was sie aufschreiben, oder bekommen sie auch nur Zahlen vorgesetzt, ohne zu wissen worum es geht? Er hat das Gefühl von Vorwürfen und Schuld erdrückt zu werden.

Daniel beschließt etwas gegen seine Gefühle zu unternehmen. Er lässt alles stehen und liegen und macht sich auf den Weg zum Atrium. Auf der Straße wird gepöbelt und beleidigt, was das Zeug hält. Es war am vorherigen Tag schon eine gereizte Stimmung in den Straßen spürbar, doch heute übertrifft sie jegliche Norm. Als er beim Atrium ankommt, bricht der Himmel nach tagelangem Regen endlich auf und die Sonne scheint auf die nasse Straße. Es ist schon einige Zeit her, dass er dort gewesen ist, aber dass er es nicht wiedererkennen würde, hätte er nicht gedacht. Es sieht heruntergekommen aus, nahezu verlassen und tatsächlich, es steht leer.

Immer noch bedrückt und von Sorge geplagt, steigt er neugierig durch ein offenes Fenster ins Gebäude ein. Im ehemaligen Atrium findet er dutzende, auf dem Boden liegende Menschen. Sie sind betrunken, high, stoned, breit oder schlichtweg im Koma. Sie sind genau das, worauf Daniel gehofft hat. Er spricht sie an, einen nach dem anderen, und hofft jemand kann ihm Tabletten besorgen. Die Stimmen in seinem Kopf werden immer lauter und so auch er, bis er nach dutzenden Absagen die Nerven verliert und lauthals fragt, ob ihm nicht irgendwer helfen könne. Daraufhin hört er jemanden pfeifen. Er schaut in die Richtung des Pfiffs und sieht eine Frau im Schatten stehen. Es ist die ihm so altbekannte alte Dame. Sie lächelt ihn an und gestikuliert, dass Daniel ihr folgen soll. Sie verlassen das Atrium und steigen in ein Auto, das im Hinterhof parkt. Daniel denkt gar nicht daran zu fragen, wie die Frau an ein Auto gekommen ist. Sie muss Politikerin sein oder ein hochrangiger Militär, doch Daniel hat ganz andere Sorgen.

Er wünscht sich endlich den Kopf frei zu bekommen. Sie fahren stadtauswärts bis kein einziges Haus mehr in Sicht ist. Nach etwas mehr als einer viertel Stunde fahrt, halten sie am Straßenrand an. Die Frau steigt aus, ohne ein Wort zu sagen und Daniel folgt ihr. Sie gehen ums Auto herum zum Kofferraum und die Frau öffnet ihn. Neben Pistolen, Schlägern und Gewehren liegt dort auch ein Rucksack. Sie holt ihn raus und drückt ihn Daniel in die Arme. Völlig verdutzt zieht er vorsichtig am Reißverschluss und wirft einen Blick hinein. Er ist bis oben hin gefüllt mit Pillen in allen Größen und Farben.

„Doch nicht hier", flüstert die Frau energisch und schließt den Reißverschluss wieder. Daniel wartet was als nächstes geschieht. Er wird sicherlich in irgendeiner Form bezahlen müssen und sind all die Pillen für ihn? Einige Sekunden stehen sie beide, ohne ein Wort zu sagen, da und sehen sich an.

„Ist noch was?", fragt die Frau schließlich. Daniel ist verwirrt. Natürlich hat er noch Fragen.

„Ist das alles für mich?"

„Ja, wonach sieht es denn aus, hast Du mehr erwartet, oder was?"

Daniel ist noch verwirrter als zuvor. Was er erwartet hat sind zwei oder drei Pillen, aber keinen ganzen Rucksack voll.

„Und was macht das?", fragt er vorsichtig, in der Hoffnung sie nicht zu verärgern.

„Willst Du mich eigentlich verarschen? Das ist doch alles schon geregelt, und jetzt verschwinde." Die Frau lächelt, doch dem Ton ihrer Stimme zufolge ist sie nicht zu Späßen bereit.

Sie steigt in ihr Auto und fährt davon. Daniel steht da, mit dem Rucksack und unzähligen Fragen. Die Frau hat sich einfach aus dem Staub gemacht. Sie ist einfach verschwunden, ohne sich umzudrehen, ohne sich zu verabschieden und hat Daniel allein zurückgelassen. Daniel greift in den Rucksack und holt eine Pille heraus. Er ist zwar mitten im Nirgendwo, aber er muss seine Gedanken aufhalten, sofort. Er legt die Pille auf die Zunge und schluckt sie runter. Sie wirkt wie er es sich erträumt hat. Seine Sorgen sind weg und er wunschlos glücklich. Mit dieser neuen Motivation macht er sich auch keine Gedanken über dem Mammutmarsch zurück in die Stadt und geht einfach los. Unterwegs entdeckt er die Umgebung mit den unschuldigen Augen eines kleinen Kindes von neuem. Die Geräusche des Waldes und der Wiese spielen harmonisch zusammen und die Insekten und andere Tiere wirken wie Außerirdische, als würde er sie als erster Mensch sehen. Die Straße wird in regelmäßigen Abständen von Pylonen begleitet, die auch bei schlechtem Wetter den Weg markieren sollen. Solche Pylonen hat er vorher noch nie gesehen. Die in der Innenstadt sehen anders aus als die vor seinem Haus und diese wiederum anders als die im Unterhaltungsviertel. Das ist an sich nichts neues, doch so wie diese sehen keine aus. Er schaut sie sich genauer an. Fasziniert untersucht er sie und findet tatsächlich etwas. Auf der Rückseite ist ein kleines Schild befestigt auf dem „Eigentum der Bundesrepublik Deutschland" geschrieben steht. Daniel hat noch nie von einer Deutschen Republik gehört und versteht auch nicht warum diese Pylonen in Republika stehen, wenn sie dort nicht hingehören. Allerdings kümmert ihn dieser Fund nicht sonderlich. Es wird schon alles seine Richtigkeit haben, denkt er in seinem Rausch. Der restliche Weg vergeht wie im Flug. Zuhause angekommen gönnt er sich noch weitere Pillen und legt sich spät abends entnervt und voller Sorgen ins Bett. Er weiß genau, dass das was er tut falsch ist und ihn zerstören wird, doch was soll er schon tun. Die Ohnmacht ist allmählich zum festen Bestandteil seines Lebens geworden. Außerdem geht es ihm gut, so wie es jetzt ist, mit all den Pillen. Er will sich ablenken, noch etwas lesen und sucht sein Buch, doch es ist nirgends zu finden. Er durchwühlt die gesamte Wohnung, doch findet es nicht. Es ist wie vom Erdboden verschluckt. Ohnmächtig legt Daniel sich schlafen. Es wird schon alles in Ordnung kommen, zumindest lassen ihn seine Tabletten so fühlen.

SECHS

Ein Schuss. Daniel sprang auf, mit dem Visier am Auge als wären sie eine unzertrennbare Einheit. Er machte sich Vorwürfe. Wieso ist er bloß eingeschlafen? Als Truppführer dürfte er es sich keine Sekunde erlauben, seine Kameraden im Stich zu lassen, und was hatte der Schuss zu bedeuten. Er Schlich durch den Flur, warf kurze Blicke durch die Türrahmen. In einem kleinen Zimmer am Ende des Flures entdeckte er schließlich die beiden, die auf seinen Befehl hin die Ebene durchsucht hatten. Sie waren tot. Beide lagen sie in Blutlachen mit Stichwunden im Rücken. In der Ecke ein verängstigt scheinendes Wesen. Ein Junge, höchstens 13 Jahre alt. Daniel näherte sich dem Jungen. Dieser hob seinen Kopf, schaute ihm in die Augen und noch bevor er die Hand von seiner Wunde hob erkannte Daniel wie schwer er verletzt war. Es schienen Schusswunden zu sein. Eine am Bein und eine im Bauch. Er musste abwägen. Entweder er half dem Jungen, dessen Aussichten ohnehin nicht allzu gut waren oder er… Melina, dachte er bloß. Hastig machte er sich auf den Weg nach oben, trotz allem was er in diesem Zimmer gesehen hat, kam ihm für keinen Moment in den Sinn, dass sie ein ähnliches Schicksal ereilt haben könnte. Er erklomm die Treppe und hörte nichts als seinen Puls. Oben angekommen fand er drei geschlossene Türen vor. Vorsichtig öffnete er die Tür, die ihm am nächsten war. Nichts. Mit geübtem Blick und nach studiertem Protokoll fuhr er fort, doch auch hinter der zweiten Tür fand er nichts. Sie musste hinter der dritten sein. Er trat die Tür ein, mit dem Sturmgewehr fuhr er den Horizont des Raumes ab und fand sie. Melina lag in der Ecke des Raumes.

Er setzte sich neben sie und strich ihr durch ihre langen blonden Haare. Eine Träne rann über seine Wange. Als sie schließlich ihre Augen öffnete, hatte er schon mit seinem Leben abgeschlossen. Er würde auf diesem heruntergekommenen hölzernen Dachboden sterben, aber neben Melina und dass war alles, was er wollte.

Eilig half er ihr auf die Beine. Sie mussten raus aus der Hütte und zum Abholpunkt, so schnell wie möglich. Melina stützte sich auf seiner Schulter und so schafften sie es die Treppe runter. Sie war stark verwundet und würde es nicht durch das Fenster raus schaffen, durch das sie hineingekommen waren und so schleppten sie sich durch den Flur, entlang der Zimmer die Daniel auf der Suche nach ihr erkundet hatte. Melina schien wenig erschrocken, als sie durch die offene Tür die Leichen ihrer Kameraden sah. Sie hatte wohl damit gerechnet, dass sie es nicht geschafft haben. Doch als sie den Jungen in der Ecke sah erschrak sie, als würde sie dem Teufel höchst persönlich in die Augen schauen. Ohne zu zögern griff sie nach ihrem Revolver und mit einem weinerlichen Schrei, der beinahe den Knall der Waffe übertönte, drückte sie ab, und der Junge fiel regungslos inmitten der beiden toten Soldaten. Daniel war fassungslos. Wieso erschoss sie diesen unbewaffneten Jungen? So wie er Melina nicht mehr verstand, schien sie nicht nachvollziehen zu können, wieso der Tod des Jungen Daniel so mitnahm. Er schob es auf die Situation, in der sie steckten. Sie wusste wohl nicht was sie tat. Sie schlichen weiter, gemeinsam Richtung Ausgang, Richtung ihrer Rettung.

Der Abholpunkt, den sie zu erreichen hatten, lag nur wenige Meter von der Hütte entfernt und sie schienen ihn tatsächlich zu erreichen. Sie hatten nur noch auf das Signal zu warten und im richtigen Moment aus dem Gestrüpp raus und auf den Fluchtwagen zu springen, also versteckten sie sich im dichten Unterholz. Nach einigen Minuten hörten sie ein Rascheln in ihrer Nähe und beschlossen ihr Versteck zu verlassen. Nun standen sie da, zu zweit im Wald. Umzingelt von drei bewaffneten Männern. Daniel kniete nieder und legte seine Waffe ab und Melina tat es ihm, wenn auch nur widerwillig gleich. Die Männer fesselten sie und richteten eine Art provisorisches Lager ein. Sanft schmiegte sich das Seil an sein Handgelenk und das Laub unter ihm fühlte sich ungewohnt friedlich an und er schlief erneut ein. Mitten in der Nacht wurde er von zwei aufeinander folgenden Schüssen geweckt. Die erste Kugel, die den Lauf verließ, traf einen der Männer in die Brust und die zweite einen der anderen in den Kopf. Der dritte Mann schon mit dem Rücken zu Melina, die es irgendwie geschafft hatte sich zu befreien, auf der Flucht.

„Du Ratte", rief sie ihm hinterher, „bleib stehen!", noch mit demselben Atemzug.

Sie schoss ihm in den linken Fuß und er stolperte zu Boden.

Ruhig ging sie auf ihn zu.

„Stehen ist wohl nicht mehr drin, was? Guck mir wenigstens in die Augen, wenn ich mit dir rede." Sie drehte ihn auf den Rücken.

„Also willst du fliehen was?"

„Was zur Hölle ist mit dir los Melina?", rief Daniel völlig panisch.

„Ich gebe dir noch eine Chance, ich bin ja schließlich kein Monster", fuhr sie fort.

„Lauf um dein Leben", flüsterte sie und schoss in seine Knie.

„Was tust du?", Daniel versuchte sie aufzuhalten, doch er war immer noch gefesselt.

Der Mann konnte nicht mehr stehen und kroch unter Schmerzen so schnell er konnte in Richtung eines Hanges.

„Ich sagte, du sollst laufen!", schrie sie und zielte auf seinen mickrigen Körper.

Daniel schaffte es, seine Fesseln zu lösen und sprang auf. Mit Tränen in den Augen stand er hinter Melina. Er griff nach einem Revolver, der neben ihnen auf einem Stapel Vorräten lag. Er hatte einen nahezu goldenen Schein.

„Es tut mir leid", er zielte auf Melina und schoss.

Er wollte sie nicht töten. Er konnte nur nicht zulassen, dass sie unschuldige Männer so zugrunde richtete, doch die Trommel des Revolvers war leer. Melina gelang es ungehindert, ihr Werk zu vollenden. Er rannte zu dem Mann, dem Melina zuvor ihrer Tortur unterzogen hatte, doch er hatte bereits aufgehört zu atmen. Daniel hatte in Kauf genommen, Melina zu töten. Nun stand er da, alleine im Wald mit all den gefallenen Blättern.

Er wacht auf, angezogen und stinkend liegt er da. Sein Schlafzimmer ähnelt einer postmodernen Galerie, alle Wände sind beschrieben. Kaum ein Flecken ist noch weiß.

„Lebst du dein Leben?"

Die Frage wuchert wie eine Ranke an allen Wänden, vom Boden bis unter die Decke. Er erinnert sich nicht, seine Wände bekritzelt zu haben, aber es ist ihm auch relativ gleichgültig woher diese Schriften nun stammen, sie begleiten ihn in Form von Gewissensbissen sowieso den ganzen Tag lang. Er nimmt seine Tablette, klettert über den Müll auf dem Boden zum Bad und spritzt sich Wasser ins Gesicht. Sein Spiegelbild starrt ihn an, ein thousand yard stare, es brennt ein Loch in das, was von seiner Seele noch übriggeblieben ist. Trotz der Dusche noch sichtlich vom Leid gezeichnet, packt er seine Sachen und verlässt die Wohnung. Es ist ein herrlicher Herbsttag. Das Wetter ist fast zu ruhig nach dem anhaltenden Regen der letzten Tage. Sein Taxi wartet bereits. Er steigt ein und sie fahren los. Seine Kollegen und er nehmen gegenseitig ihre Anwesenheit mit einem Lächeln zur Kenntnis.

In der Nacht muss es noch weitere Explosionen gegeben haben, die halbe Stadt liegt in Schutt und Asche. Sie fahren vorbei an obdachlosen Kindern, die in den Ruinen campieren und Gruppen von Erwachsenen, die vor den Trümmern ihrer ehemaligen Existenzen stehen und warten, dass jemand ihnen sagt, wie es weiter geht.

Sie fahren weiter die gewohnte Strecke, mit Ausnahme von ein paar Schlenkern, um Trümmern auf der Straße und einer eingestürzten Brücke auszuweichen. Die Fahrt endet in dem Berg, jenseits des Waldes, auf dem unterirdischen Parkplatz. Es herrscht reges Treiben. Dutzende Uniformierte und auch zivile Gruppen laufen zwischen den Fahrzeugen hindurch auf verschiedene Tunnel zu. Die Stimmung ist angespannt. Daniels Trupp marschiert zu ihrem Arbeitsplatz, tief im Berg. Sie verteilen sich am Fließband und nehmen ihre Arbeit auf. Daniel nimmt sich den ersten Stapel vor:

„S6532 gefallen in U346 am G573246 um A13"

„S4164 gefallen in U346 am G573246 um A13"

„S1347 gefallen in U346 am G573246 um A13"

Daniel ist das Drama mittlerweile schon fast gewohnt und die Tragödien werden zu Statistiken, die er nun mal bestätigen muss. Über mehrere Seiten erstrecken sich die Toten. Gefallen, ohne dass Daniel weiß warum. Seite um Seite hebt er vom Stapel und stempelt sie ab. Doch es werden nicht weniger. Hat er einen Stapel fertig, ist der nächste bereits überfällig. Nichts als Tode, keine Bestellung, keine Befehle, nur leblose Zahlen und Buchstaben.

Bis zum Mittag erstreckt sich die Aufarbeitung dieser geschlagenen Schlacht. Als die Sirene ertönt, sitzen bereits alle Kollegen am Tisch, nur Daniel ist bei all der Arbeit nicht hinterher gekommen. Er fragt sich, wie die anderen bei all den Zahlen den Überblick behalten können und das auch noch in der Zeit.

Die stählerne Tür öffnet sich und herein kommt die Frau mit dem Essenswagen. Sie öffnet dessen Türen und Daniel erwartet, dass der Geruch von gebratenem Fleisch den Raum erfüllt. Aber er wartet vergebens. Die Frau serviert den hart arbeitenden Männern jeweils eine Scheibe Brot, ohne Belag, ohne Beilage, ohne alles und verlässt den Raum. Daniel hat zwar mehr erwartet, doch er akzeptiert die Lage und genießt das Brot so gut es geht. Auf den Tellern bleibt kein Krümel zurück. Zurück am Fließband warten auf Daniel weitere Berge von Toten. Er stempelt im Akkord, bis seine Hand schmerzt. Er hat aufgehört sich durchzulesen, was er absegnet, die Zahlen beginnen ohnehin sich zu vermischen und zu verschwimmen. Es fällt ihm schwer, überhaupt etwas zu erkennen und so hält er es erst für eine optische Täuschung, als die Zahlen über Seiten gleich bleiben.

„S1111 gefallen in U111 am G111111 um A11"

„S1111 gefallen in U111 am G111111 um A11"

So erstreckt es sich über zig Seiten. Daniel schaut fragend in die Runde.

„Stempel einfach Junge. Das guckt sich eh keiner mehr an." Das erklärt, wieso die anderen so schnell fertig sind.

Die Faulheit siegt über die Moral und so gehen die Identitäten der Soldaten verloren. Er erklärt denselben Mann oder dieselbe Frau weit über tausend Mal für tot. Mit jedem Mal löscht er die Existenz einer anderen Person ein für alle Mal aus den Geschichtsbüchern. Alles was sie erlebt haben, alles was sie ausgemacht hat und schließlich ihren Kampf und ihren Tod. Er macht sie zu Geistern. Stunde um Stunde, Stapel um Stapel und Tintenfass um Tintenfass vergeht der Tag. Kurz vor dem Feierabend stürmt ein junger Mann in den Raum. In seinen Armen hält er einen weiteren Stapel.

„Ist eigentlich nicht für euch, aber es muss noch abgesegnet werden, also hier bitte." Mit diesen Worten verlässt er den Raum wieder. Daniel ist mit seiner eigentlichen Arbeit fertig und schnappt sich den neuen Stapel. Er ist von der höchsten Sicherheitsstufe, weit über Daniels Zuständigkeitsbereich, aber wie der Mann gesagt hat, es muss erledigt werden. Daniel bricht das Siegel und hebt das Deckblatt an.

„Neuromodularische Kotransmitter"

Eine Liste mit Adressen, Namen der jeweiligen Bewohner und abstrakten, chemischen Verbindungen, in unterschiedlichen Mengen. Er denkt sich nicht viel dabei, die Stoffe sagen ihm ohnehin nichts. Er arbeitet sich durch die Zettel, wie durch alle anderen, bis er plötzlich stockt. Er findet seine eigene Adresse wieder und daneben tatsächlich seinen Namen.

„10 mg Neuropeptid y" Schockiert hält er einen Moment inne. Er bekommt Medizin, ohne etwas davon zu wissen. Hinter seinem Rücken werden Entscheidungen getroffen, die sein Leben betreffen und in seiner Macht liegen müssten. „Was denken sie, wer sie sind?" Die Tablette, die er jeden Morgen nimmt, wofür ist die eigentlich? Daniel hat keinen blassen Schimmer gehabt. Wahrscheinlich jeder Bürger Republikas nimmt jeden Tag eine Tablette, ohne zu wissen, was es damit auf sich hat. Was sind sie für die Regierung? Marionetten? Tiere? Testsubjekte? Daniel ist empört, mehr als nur das. Eine bodenlose Frechheit, Hochverrat am Volk. Er muss an die Öffentlichkeit. Er muss diesen Skandal publik machen. Aber erst einmal heißt es Ruhe zu bewahren. Er will nicht von seinen Kollegen verraten werden, noch bevor er begonnen hat, die Revolution zu starten.

Daniel stempelt äußerlich ruhig, aber innerlich völlig außer sich, die übrigen Seiten ab und versiegelt den Stapel anschließend. Die Sirene meldet den Feierabend. Noch bevor Daniel fragen kann, was er mit dem Packen machen soll, kommt ein Soldat in den Raum und nimmt ihm den Stapel ab. Daniel hat überlegt, eine Seite als Beweismittel zu unterschlagen, doch er ist sich sicher, diese Unterlagen wird sich noch jemand ansehen und merken, wenn etwas nicht in Ordnung ist. Nicht wie bei den Todesurkunden. Sie legen die Arbeit nieder und werden nach Hause gefahren, von wo Daniel sich auf schnellstem Weg aufmacht, die Bibliothek zu besuchen.

Wenn er nicht als Spinner dastehen will, braucht er Beweise. Es muss doch ein Buch über diese Stoffe geben. Wobei, denkt er, während er auf die Bibliothek zusteuert, es herrscht immer noch extremer Büchermangel. Er könne froh sein, überhaupt eines zu bekommen. Bücher zu einem bestimmten Thema zu erwischen, gleicht einem Wunder. Vielleicht ist ein Wunder genau das, was Daniel jetzt braucht. Er betritt die Bibliothek. Scheinbar unendlich viele Reihen leerer Regale. Er sucht und sucht, findet auch vereinzelte Bücher, aber keines, was auch nur ansatzweise seinem Thema entspricht. Landwirtschaft, Architektur, Mathematik, doch dann „Der militärische Nutzen von chemischen Stoffen". Hastig überfliegt er noch in der Bibliothek den Inhalt des Buches. Es geht um Kampfstoffe, Waffen und Sprengstoffe, aber auch um Wachmacher, Stimmungsaufheller und Betäubungsmittel für die eigenen Heere. Wenn er in diesem Buch nicht fündig wird, dann auch in keinem anderen, da ist er sich sicher. Daniel nimmt das Buch und bringt es zur Bibliothekarin. Ohne, dass sie ein Wort sagen muss, zückt er seinen Ausweis und hält ihn ihr entgegen. Sie nimmt ihn und tippt die Ausweisnummer am Terminal ein.

„Sie haben das letzte Buch noch nicht zurückgegeben. Es ist längst überfällig."

Daniel hat es verloren, wie könnte er es wieder zurückbringen? Doch er braucht dieses Buch um jeden Preis.

„Ich bringe es ihnen, aber kann ich das andere nicht schon mitnehmen?"

Die Frau verneint genervt. „Nächster!"

Daniel wird von einem älteren Herrn zur Seite gedrängt. Er muss sich etwas einfallen lassen, wie er an das Buch kommt. Um sicher zu gehen, dass es in der Zwischenzeit von niemandem ausgeliehen wird, versteckt er es unter einem Regal. Er verlässt die Bibliothek und schaut sich auf der

Straße um. Nachdenklich schlendert er ein paar Meter und hofft auf einen Geistesblitz, ein Schlupfloch, irgendeinen Weg, um an das Buch zu kommen. Da fällt ihm eine herrenlose Brieftasche ins Auge. Sie liegt da seelenruhig auf einer Bank. Daniel setzt sich zu ihr. In einem vermeintlich unbeobachteten Moment schnappt er sie sich. Er hat es auf den Ausweis abgesehen, der sich hoffentlich in ihr versteckt. Er öffnet sie als sei es seine eigene und da ist sie auch schon. Sein Schlüssel zum Buch. Er nimmt sie vorsichtig heraus.

„Entschuldigen sie", Daniel schreckt auf. „Sie haben da meine Brieftasche." Vor ihm steht ein Bär von einem Mann, in glänzend weißen Kleidern, die seinen wohl gepflegten Bierbauch betonen.

Daniel improvisiert.

„Ja, ich wollte gerade schauen, ob ich herausfinde, wem sie gehört", und gibt die Brieftasche dem Mann.

Der bedankt sich mit einem fiesen Unterton und geht davon. Daniel muss lachen, er hat den Ausweis, den er braucht. Jetzt muss er nur noch auf den Schichtwechsel der Bibliothekarin warten, da sie ihn erkennen würde. Es ist das perfekte Verbrechen. Nach einer geschlagenen Stunde wird die Frau endlich von einem Kollegen abgelöst und Daniel betritt das Gebäude aufs Neue. Schnurstracks geht er auf das Regal zu unter dem er das Buch versteckt hat. Er kniet sich hin und streckt seinen Arm in den schmalen Spalt. Er kann es nicht ertasten. Kalter Schweiß rinnt ihm von der Stirn, doch dann berühren seine Finger die Kanten des Buches. Er holt es heraus, völlig verstaubt bringt er es zum Bibliothekar. Daniel hält ihm den geklauten Ausweis hin, ohne mit der Wimper zu zucken. Der Mann nimmt ihn und gibt die Nummer ein.

Alles scheint glatt zu laufen, da fällt Daniel das Bild auf dem Ausweis auf. Er hat es völlig vergessen. Der Mann auf dem Bild sieht im kein bisschen ähnlich. Bleibt nur zu hoffen, dass es dem Bibliothekar nicht auffällt.

„Sir", bringt dieser nach einigen Sekunden gedrungen über die Lippen. Daniel erschrickt. Es ist vorbei. Er ist aufgeflogen, sein Plan gescheitert, sein Leben eine Geschichte, die durch einen Stempel besiegelt und vergessen wird. Er ist zu unvorsichtig gewesen, was fällt ihm nur ein, mit einem geklauten Ausweis ein Buch auszuleihen.

„Sir?", wiederholt sich der Mann.

„Ja?", antwortet Daniel als wisse er nicht was ihm bevorsteht.

„Es ist mir eine Ehre sie kennen lernen zu dürfen. Vielen Dank für ihren Dienst für Republika."

Daniel ist baff. Er schaut den Mann entgeistert an.

„Ihre Klasse", versucht er sich zu erklären, „4d". Jetzt versteht Daniel, das Lob galt nicht ihm, sondern dem hochrangigen Militär, dem er den Ausweis gestohlen hat. Als er diesen Gedanken im Kopf durchspielt, wird ihm auf einmal ganz kalt. Er hat den Ausweis eines hochrangigen Militärs gestohlen.

„...äh", er bekommt nichts über die Lippen. Er nickt dankend und verschwindet. Hektisch schaut er sich um, sein Atem geht schwer. Kurzer Hand wirft er den Ausweis in ein Gebüsch und geht so schnell er kann nach Hause.

Den Schock verdauend, der ihm immer noch schwer im Magen liegt, macht er sich ans Werk und beginnt zu lesen.

„Die großen militärischen Triumphe Republikas verdanken wir nicht zuletzt unseren klugen Köpfen, die die Chemie beherrschen wie niemand sonst und uns zeigen, dass der menschliche Körper wie eine Maschine durch regelmäßiges Ölen und den richtigen Kraftstoff zu immer neuen Leistungen gebracht werden kann." Die ersten Kapitel handeln von Giften, wie sie die Sinne überreizen oder völlig ausschalten. Wie man Männer in Gräben im Schlaf ersticken kann. Wie Republika dem 3-jährigen Krieg mit Hilfe von Gasen ein Ende bereitet hat, die den Dopaminausstoß ins Unermessliche steigern und so die Köpfe der Feinde im wahrsten Sinne des Wortes vor Freude zum Platzen gebracht haben. Noch immer sieht man auf den Straßen ab und an Veteranen, die etwas von diesen Gasen abbekommen haben und nun wie „Matschbirnige" stumpfsinnig durchs Leben gehen. Er liest weiter.

„Wieso kämpfen, wenn man andere für sich kämpfen lassen kann?" Der Autor redet von dressierten Viren und Bakterien, die nur gezielt Menschengruppen befallen. Interessant, aber nicht das wonach Daniel sucht. „Die Menschen haben von Natur aus einen gewissen Hang zur Selbstzerstörung. Die Kriegsführung Republikas baut seit eh und je darauf, diesen Hang zu seinem Vorteil zu nutzen. Durch gezielte Gabe von bestimmten Neurotransmittern, sind wir in der Lage, unsere Feinde zu steuern und ihnen Gefühle und Gedanken einzupflanzen. Wir können ihnen beibringen, beim Anblick eines Schmetterlings vor Angst auf die Knie zu fallen und sich selbst zu richten, in der Sorge der Schmetterling würde es ihnen sonst noch schlimmer bereiten." Es ist abscheulich und abstrus, doch Daniel freut sich. Es geht in die richtige Richtung. Er liest weiter und hält Ausschau nach Worten, die er von den geheimen Papieren wiedererkennt. Er liest und liest, er ist fast am Ende des Buches angekommen, da taucht es plötzlich auf, als hätte es nur darauf gewartet gefunden zu werden. Groß und hervorgehoben steht sie da, die Kapitelüberschrift zu den „Neuromodularischen Kotransmittern". Hoffnungsvoll beginnt er zu lesen. „Nicht nur kann man, wie zuvor beschrieben, den Geist des Feindes kontrollieren, nein, durch den enormen wissenschaftlichen Fortschritt Republikas ist es uns möglich, unsere Soldaten zu stärken. In diesem Bereich haben sich die Neuromodularischen Kotransmitter als zuverlässige Lösung für langfristigen und zufriedenstellenden Erfolg erwiesen. So zum Beispiel das Neuropeptid Y, so wie auch viele andere Stoffe der Klasse der Peptide sorgt es bei Einnahme für ein vermindertes Bedürfnis zu essen, vermindertes Hungergefühl und stark verminderte Angst. Je nach Anwendung können auch gegenteilige Effekte auftreten. Das Neuropeptid Y beeinflusst wie alle Kotransmitter die körpereigenen Neurotransmitter. Durch die passenden Stoffe lassen sich all diese Transmitter manipulieren. So lassen sich gewünschte Effekte zusammenstellen. Im Fallbeispiel eines Soldaten sorgten Neuropeptid Y, Substanz P und Dynorphine für vermindertes Bedürfnis zu essen und zu schlafen, verminderte Schmerzempfindlichkeit, verminderte Angst und gesteigerte Glücksgefühle."

Das ist es. Neuropeptid Y ist auch das, das er bekommt, oder besser bekommen hat, er wird es ganz sicher nicht mehr nehmen. Er sitzt geradezu in Schockstarre vor diesen Informationen. Sie werden alle gefügig gemacht und möglichst anspruchslos. Es soll ihnen das Gefühl geben, alles wäre in Ordnung, doch ihre Ängste und Zweifel werden einfach unterdrückt. Es ist ihm zu viel. Dieses Wissen ist zu viel für einen einfachen Menschen. Er greift zu seinen Pillen, von denen er immer noch einige hat und die er freiwillig nehmen kann und nicht untergejubelt bekommt. Der Schock lässt langsam nach und Daniel beginnt über die nächsten Schritte nachzudenken. Die Leute müssen es erfahren, aber wer würde ihm schon glauben und wie soll er es anstellen, ohne gleich am ersten Tag im Auftrag der Regierung zu verschwinden? Er legt sich in sein Bett und denkt in Ruhe nach. Die Ideen kommen und gehen, ohne dass eine brauchbare unter ihnen ist.

Noch ein anderer Gedanke kommt ihm beim Grübeln. Melina. Vielleicht kann sie ihm helfen, doch vor allem muss er sie warnen. Er macht sich auf zur Tüte, wenn er sie irgendwo findet, dann dort. Daniel muss sie retten. Er muss sie einfach finden und er hat so viele Fragen an sie. Diese mysteriöse Frau, die so schnell aus seinem Leben verschwunden ist, wie sie es betreten hat, und doch eine so tiefe Spur hinterlassen hat. Außerdem sorgt er sich um sie. Er hat sie nicht mehr gesehen, seit dem Tag als sie ihm die Tüte gezeigt hat. Er kennt bloß ihren Namen und doch steht er nun da. Alleine mitten im Gewirr aus Gängen und Gassen, in einer völlig fremden Welt. Sie könnte überall sein. Er weiß rein gar nichts über sie. Er kann nichts erfragen, keinen Hinweisen folgen. Es ist die Suche nach der Nadel im Heuhaufen. Schritt für Schritt setzt er sich schließlich in Bewegung, ohne Plan und ohne Ziel, nur mit dem Willen, Sie zu finden. Zuerst nimmt er sich die Läden und Clubs direkt am hell beleuchteten Platz vor. Einen nach dem anderen betritt er, tanzt sich durch die Menge und geht erfolglos ins Nächste. Die Etablissements sind voll und es fällt ihm schwer in dem Gedränge den Überblick zu behalten. Er durchforstet sie alle, jedes einzelne Gebäude. Er durchkämmt die Massen, die Gruppen an Feierwütigen, doch keine Spur von ihr. Immer weiter zieht er seine Kreise. Immer tiefer hinein in die finsteren Gassen. Stunde um Stunde zieht er durch die Gegend. Stunde um Stunde, doch kein Erfolg. Die Geschäfte hat er schon lange hinter sich gelassen. Er klopft an die Türen der Anwohner, beziehungsweise derjenigen, die sich freiwillig in den völlig verwahrlosten, heruntergekommenen Gemäuern eingenistet haben. Viele sind keinen Besuch gewohnt, sie haben Angst die Tür zu öffnen, stellen sich tot. Nachdem er auch dieses Viertel mit den Häusern, die man noch als bewohnt bezeichnen kann, hinter sich lässt und bei den Menschen angekommen ist, die derart mit ihrem Leben abgeschlossen haben, dass die ganze Welt ihr Zuhause ist, scheint ihn jemand zu erkennen.

„Daniel!", hallt es durch die Gasse.

Er denkt schon, endlich fündig geworden zu sein. Endlich hat er sie, die die ihm so bekannt, so seelenverwandt erscheint, dass er sie eine Ewigkeit lang sucht, ohne den Mut zu verlieren. Der beißende Gestank von Urin brennt in seiner Nase.

„Daniel, du bist es ja echt!"

Er ist bodenlos enttäuscht. Es ist bloß einer der Jugendlichen, mit denen er neuerdings seine Abende verbringt.

„Was machst du denn hier?", will der erstaunte junge Mann wissen.

Dasselbe könnte Daniel ihn auch fragen. Allerdings als er ihn so aus der Nähe betrachtet, geben seine rissigen Kleider und löchrigen Schuhe bereits die Antwort. Dann fällt ihm ein, der Junge muss auch am Lagerfeuer dabei gewesen sein, an jenem Abend als er sie zum letzten Mal sah.

„Letztens am Feuer", fängt Daniel an zu erzählen, „das war doch eine Frau bei uns. Weißt du wo ich sie finden kann?"

„Du meinst doch nicht ...", der Junge schluckt heftig, „an dem Abend, als du zum ersten Mal mitgekommen bist?"

Daniel strahlt, „Ja, genau!"

Der Junge schaut ihn entgeistert in die Augen.

„Hast du es etwa schon vergessen?", fragt er ihn. „Aber klar", beantwortet er sich die Frage selbst, „du hast einiges geschluckt an dem Abend." Er macht eine Pause. „So wie sie", ergänzt er in einer beklagenden Stimme. Daniel schaut ihn verwirrt an, er versteht nicht.

„Du wirst sie nicht finden. Melina ist an einem besseren Ort."

Mit diesem Satz verschwindet der junge Mann und lässt Daniel allein. Die Welt um ihn herum scheint es dem jungen Mann gleich zu tun und zu verblassen. Er blendet sie aus, alle, all die Menschen, die ihm doch so wenig bedeuten, alle bis auf Melina. Daniel ist fassungslos. Nachdem er einige Sekunden wie versteinert dasteht, macht er sich mit einem tiefen Gefühl der Leere auf, zurück nach Hause. Er schleppt sich die Straßen entlang. Zuhause erklimmt er die Treppe und schlägt die Wohnungstür hinter sich zu. Er lässt sich auf sein Bett fallen. Er liegt da und starrt Löcher in die dicke Luft.

Nach einiger Zeit bemerkt Daniel ein merkwürdiges Kribbeln in seinem linken Arm unter seinem Tattoo. Er kratzt, doch es geht nicht weg. Als er sein Tattoo anschaut, glaubt er seinen Augen nicht zu trauen. Irgendetwas ist unter seiner Haut und es bewegt sich. Ein rundliches Ding, erbsengroß, das hin und her zieht und die Haut über sich wölbt. Panisch springt Daniel auf. Intuitiv rennt er in die Küche und holt ein Messer. Er denkt nicht lange über die möglichen Folgen nach und wägt keine anderen Möglichkeiten ab. Er rammt das Messer in seinen Arm. Er fühlt kaum Schmerzen. Die Erbse scheint vor der Schneide zu fliehen. Er schneidet ihr hinterher. Eine Zickzacklinie entlang seines Oberarms. Als er sie dann schließlich erwischt und versucht heraus zu ziehen, merkt er erst, wie tief sie in ihm sitzt. Wie eine Pestbeule hat sie sich tief in sein Fleisch gefressen. Er hebelt und drückt, bis er schließlich ein ganzes Stück seines Armes herausgetrennt und auf der Messerspitze hängen hat. Das Kribbeln hat aufgehört. Daniel blutet stark. Er weiß, dass er handeln muss, um nicht zu verbluten und schnappt sich Nadel und Faden. Er drückt die Hautränder zusammen und näht das Loch provisorisch zu. Sein Arm sieht entsetzlich aus. Unten der triefende, entzündete offene Bruch und oben das entstellte Tattoo. Er hat es geradezu umgerührt. Als er seinen Arm so betrachtet, fällt ihm auf, dass es zu einem Anagramm geworden ist. Durch die Zickzacklinien, die er hineingeschnitten hat und die notdürftige Naht, ist kaum ein Buchstabe mehr an seinem Platz und einer scheint im Wirrwarr verloren gegangen zu sein.

„Liebe blendet uns"

Kaum, dass er sich beruhigt hat, klopft es an der Tür. Daniel schaut durch den Türspion, der wohl einfach nur ein Astloch im Holz ist. Es ist die alte Frau. Daniel öffnet die Tür einen Spalt.

„Hallo Daniel, hast du kurz Zeit zu reden?"

„Es ist gerade schlecht", stottert Daniel.

„Es ist wichtig." Die Frau schiebt die Tür auf und tritt ein. Sie sieht das blutige Stück Fleisch auf dem morschen Boden liegen, doch ohne es zu hinterfragen legt sie los.

„Hör zu, wir kennen und jetzt ja schon eine Weile, von der Arbeit und aus der Tüte."

Die Frau hat Recht. Es ist Daniel nie vorher bewusst geworden, aber es ist dieselbe alte Dame. Kein Wunder, dass sie ihm so bekannt vorkam.

„Daniel", fährt sie fort, „ich bin da etwas Großem auf der Spur und ich vertraue dir das an, o.k.?"

Daniel ist überrascht, hat die Frau etwa auch was herausgefunden?

„Ich glaube, die verarschen uns. Daniel hast du dir mal durchgelesen was wir auf der Arbeit alles so unterschreiben müssen?"

Daniel weiß nicht recht, ob er ihr die Wahrheit sagen soll, aber schließlich gibt er es zu.

„Das ist doch alles verkorkst! Und diese Tablette, du nimmst sie doch auch jeden Morgen."

Daniel bejaht.

„Weißt du wofür die ist?"

Daniel vertraut der alten Frau und beginnt von seinen Rechercheergebnissen zu erzählen.

„Daniel, das ist unglaublich", gibt sie erstaunt von sich.

Daniel erzählt ihr weitergehend von seinen Erlebnissen, der Landkarte und den Pylonen außerhalb der Stadt. Die Frau ist erstaunt.

„Es besteht kein Zweifel. Wir haben sie!" Sie reicht Daniel eine Pille.

„Die habe ich mir für etwas ganz besonderes aufgehoben", ergänzt sie mit einem Zwinkern. Sie beide werfen ihre Pillen ein und setzen sich, um sich weiter zu bereden.

Nach einer Weile wird Daniel schwindelig und benommen. Er muss sich anstrengen, scharf zu sehen und wird schläfrig.

„Was war das für eine Pille?", fragt er die Frau ängstlich, aber ruhig.

„Du weißt zu viel mein Freund."

Daniel reißt die Augen auf. Er stolpert zur Tür. Wieso hat er ihr bloß vertraut. Die Tür ist verschlossen. Er hat keine Kraft mehr und sackt an der Tür lehnend in sich zusammen.

„Daniel, es wird alles gut. Wir zeigen dir noch, wer du bist."

SIEBEN

Völlige Leere. Nichts als Schwärze. Eine endlose Wüste aus düsterer Asche. Vereinzelte Stalagmiten und Stalaktiten, die sich von Boden und Decke zu berühren versuchten. In einiger Entfernung eine Stufenpyramide. Aus Mangel an Alternativen, ging Daniel auf sie zu. Eine unbeschreibliche Leere erfüllte die Luft. Als er sie erreichte, begann er die Stufen empor zu steigen. Seine Füße sanken leicht in die dicke Schicht Ruß auf dem schwarzen Granit ein. Nahe der Spitze der Pyramide fand er einen schmalen Gang vor, durch den er sich zwängte und ehe er sich versah in einem pompösen Gewölbe aus dunklem Holz und Marmor wiederfand. Er lief die Gänge entlang, ohne ein Ziel vor Augen. Da sah er hinter einer Biegung ein Licht am Ende des Ganges und ging darauf zu. Er fand sich in einem beleuchteten Saal wieder, in dem eine alte Frau stand. Mit dem Rücken zu Daniel schaute sie aus einem großen Fenster, durch das man das innere eines Schlosshofes erahnen konnte. Daniel näherte sich ihr vorsichtigen Schrittes.

„Hallo Daniel!"

Daniel blieb wie angewurzelt stehen.

„Ich habe auf dich gewartet. Endlich bist du da."

Die Frau drehte sich um. Daniel war instinktiv klar, um wen es sich handelte. Es war Melina. Sie war alt geworden. Die Frau mit dem erschreckend wohlwollend zumutenden schrumpeligen Gesicht, dem er immer und überall begegnet und das ihn zu verfolgen scheint. Die größte Erfüllung und der größte Verlust seines jungen Lebens. Sein bester Freund und größter Feind zugleich. Daniel schaute sie unsicher an.

„Weißt du mein Sohn, wir haben ein Problem, du und ich."

Der Frau war klar, dass Daniel genau wusste wer sie war. Sie setzte sich in Bewegung und fing an, in Kreisen um Daniel zu pirschen, wie ein Raubtier, das seine Beute inspiziert.

„Mit Angst", fuhr sie fort. „Mit Angst und mit Schuld kann man Menschen dazu bringen, sich deinem Willen zu beugen. Die Angst vor dem Danach, vor den Konsequenzen der Verweigerung, muss einfach noch größer sein." Sie blieb für einen Moment stehen und sah Daniel an, dann ging sie wieder zurück zum Fenster. Sie verschränkte die Arme hinter ihrem Rücken.

„Du hast Melina nicht aufgehalten." Mit einem Schlag bekam Daniel es mit der Angst zu tun. Er versuchte zu fliehen, doch seine Füße waren wie gelähmt.

„Alles gut, halb so schlimm!" Die Frau bemerkte die Panik, die in Daniel aufkam.

„Du hast mich getötet, Daniel."

Endlich schaffte er es sich loszureißen und stürmte aus dem Saal. Den Flur entlang und an der ersten Kreuzung rechts. Er stand wieder vor dem Eingang zum Saal. Erneut rannte er den Flur hinunter, dieses Mal nahm er den linken Weg und wieder stand er vor dem Saal. Er schaute sich um. Durch alle Wege, jeden Gang und jeden Schacht, sah er das Licht des Saals scheinen. Verwirrt versuchte er sich an den Weg zu erinnern, den er gekommen war.

„Sie mich nur an!" Sie rief ihm klagend hinterher.

Er rannte Gang um Gang, nur um wieder vor dem Saal und der Frau zu stehen.

„Ich hatte mein ganzes Leben noch vor mir." Sie wurde laut und der Ton vorwurfsvoll.

„Wieso Daniel? Wieso hast du mich nicht aufgehalten, an jenem Abend?"

Er fing an zu weinen. Als die Frau dies sah, beruhigte sie sich.

„Alles wird gut Daniel", sprach sie mit beruhigender, fürsorglicher Stimme. „Jeder Mensch hat eine zweite Chance verdient."

Er wacht auf, ohne sich an seinen Traum zu erinnern. Wie jeden Morgen nimmt er seinen Ausweis vom Nachtschränkchen. „Michael Stanford" murmelt er leise vor sich hin, als er sich seinen Ausweis anschaut und in seine Hosentasche steckt. Anschließend nimmt er seine zwei Tabletten, wie sonst auch und stolziert durch seine kleine, aber feine Erdgeschosswohnung, durch den mit Fliesen verkleideten Flur zur Küche, um sich ein Brot zu schmieren, mit Marmelade, wie er es immer isst. Ihm fällt seine Narbe am linken Arm auf. Er hatte sie schon fast vergessen, doch so provokant wie sie seinen gesamten Arm überwuchert, ruft sie sich stets zurück in sein Gedächtnis. Er packt seine Sachen und verlässt die Wohnung. Sie liegt außerhalb der Innenstadt, in einem kleinen Vorort. Um zur Arbeit zu kommen nimmt er dieselbe Strecke stadteinwärts wie immer, schließlich ist es die schnellste. Seine Gelenke knacken von der harten Arbeit, die er zu erledigen hat. Je weiter er sich der Innenstadt nähert, umso größer wird der Strom von Pendlern, der ihm entgegenkommt. Zu seinen kaputten Gelenken kommt noch die Eiseskälte des Wintermorgens und der sanfte Schnee, der zwar schön aussieht, sich aber spiegelglatt auf die Straße legt.

Als er seinen Arbeitsplatz an der Baustelle des ehemaligen Atriums, einer Bar für die verlorensten aller Seelen, erreicht, fängt es auf einmal an zu stürmen. Der Schnee fällt in einer dichten Masse und legt sich wie ein dicker Teppich auf das Gelände und die Köpfe der Menschen, die gen Himmel starren. Der immer stärker werdende Wind peitscht ihnen den Schnee ins Gesicht und macht es schwer zu atmen, geschweige denn voran zu kommen. Durch die Schneewand sind schwache Scheinwerfer auszumachen. Ein Auto kommt auf sie zu. Auf dem Dach des Wagens ist ein Lautsprecher befestigt, der eine Mark erschütternde Sirene ertönen lässt.

„Einwohner Utopias, wir werden angegriffen. Die Regierung ruft alle Bürger Republikas zum Widerstand gegen den Feind auf." Immer abwechselnd schallen die Sirene und die Durchsage, noch lange nachdem der Wagen wieder im Schnee verschwunden ist. Die Passanten sind perplex. Sie wissen nicht, wie sie reagieren sollen und wollen sich schon wieder auf den Weg machen, da hören sie lautes Geschrei und Schüsse vom Ende der Straße. Der verwirrte Junge kann nichts sehen. Der Schnee fällt zu dicht. Also bleibt er stehen, nicht ahnend, dass im nächsten Augenblick ein Soldat aus dem Schnee stürmen und ihn zu Boden ringen wird. Er hat ihn durch das Weiß des Schnees nicht kommen sehen. Er versucht sich zu wehren, den Mann von sich abzuschütteln, doch der hat ihn fest im Griff. Sein hässliches bestialisches Gesicht lächelt, als er seine krallenartigen Hände um den Hals des vollkommen hilflosen Jungen legt und beginnt seinen Kopf wiederholt auf den mit Schnee bedeckten Boden zu schlagen. Mit jedem Klatschen, dumpfer als das vorherige, färbt sich der Schnee rot und er beginnt das

Bewusstsein zu verlieren. Mit jedem Schlag auf den eisigen Asphalt formt sich ein neues Bild vor seinen Augen.

Er sieht Krieg, Zerstörung, Blut und Leid. Er sieht sich selbst, als Kind, weinend und betäubt, gefangen in einer Welt die er zu tiefst verabscheut und die ihn als Individuum nicht zu akzeptieren scheint. Er sieht Melina.

Er sieht einen jungen Mann, der vor Verzweiflung nicht anders kann, als sein Gewissen zu ersticken. Er sieht Daniel Pearce. Er sieht lauter Pillen, Rausch und Ohnmacht. Er sieht, wie er sich sein Tattoo sticht. Er sieht die Karte, die zeigt, dass Republika schrumpft. Er erinnert sich an die Neuromodularischen Kotransmitter. Er erinnert sich daran, dass sie alle zu willenlosen Sklaven gemacht werden. Er sieht wie der einzige Mensch, der ihm jemals etwas bedeutet hat, an seiner Seite an einer Überdosis gestorben ist und er nichts, aber auch gar nichts tun kann, um dies zu ändern. Er sieht zu wie Melina elendig verreckt.

Als Daniel wieder zu sich kommt, kann er nur über sich ergehen lassen, wie jemand den Soldaten von ihm runter zerrt und mit einem gezielten Schlag bewusstlos haut. Daniel kriecht rückwärts an eine Hauswand. Er fängt an zu weinen. Die Stadt brennt und die Leute fallen der Reihe nach um. Er schaut zu, wie die Angreifer trotz der schieren Überzahl an Anwohnern und den schaurigen Wetterverhältnissen, einem unumstößlichen Sieg entgegensehen. Der Kampf geht noch einige Zeit weiter, ehe das Feuer endgültig verstummt. Daniel fällt wieder in Ohnmacht.

Als er die Augen öffnet liegt er in einem Feldlazarett. Es ist dürftig eingerichtet und bis zum Bersten überfüllt.

„Auch mal wach?", weckt ihn einer der Sanitäter. „Hast gleich deinen Auftritt, mach dich fertig." Daniel schaut ihn fragend an.

„Hast wohl ganz schön was abbekommen, was? Der Boss will sich bei den Helden der Stadt bedanken. Habt uns den Arsch gerettet letztens."

Daniel kann sich kaum an den Angriff erinnern. Doch seine Erkenntnisse stehen ihm immer noch klar vor Augen.

Er kann sich noch etwas ausruhen, dann ruft jemand durch das Zelt „So ihr Helden, los geht`s!" Sie stehen schwerfällig auf. In einer Reihe stellen sie sich auf und gehen aus dem Zelt. 20 Mann, mehr haben es wohl nicht geschafft, oder mehr will man nicht zur Show stellen. Daniel hat das Gefühl, dass ihm etwas fehlt. Er greift in seine Taschen und holt eine Hand voll Pillen raus. Er wirft sie sich ein, wobei die meisten auf die Straße fallen. Die Stadt liegt in Ruinen. Vorbei am Stadtzentrum, das dem Erdboden gleich gemacht worden ist, durch den Hintereingang der großen Stadthalle in den Hinterbereich der Bühne. Alles ist notdürftig vorbereitet worden. Sie können das Treiben auf der Bühne nicht sehen, sie können nur hören was vor sich geht.

„Ruhe bitte!", hallt es mit militärischem Drill durch die Halle. „Es spricht der hoch würdigste Parlamentsvorsitzende und oberster Militärrat, die Entität des Staates." Es bricht lauter Jubel aus. So ohrenbetäubend, dass die Decke zu beben beginnt. Dann verstummt die Menge wieder. Still steht er auf der Bühne und trinkt geduldig etwas Wasser, das ihm gereicht wird, als würde er die gebannte Spannung genießen.

„Fünf Jahre Krieg!" Ein entsetztes Raunen geht durch die Menge. Es ist kein Geheimnis mehr, dass sich Republika im Krieg befindet, aber bestätigt worden ist es nie.

„Fünf Jahre meine Brüder und Schwestern, die uns zu dem gemacht haben, was wir heute sind. Diese Jahre voller Hass und Gewalt, Angst und Trauer, diesem unsäglichen Leid, das ein jeder von uns erdulden musste", er wird lauter: „Ihr seid diejenigen, die uns so großartig, so prachtvoll und mächtig empor gehoben haben aus diesem Morast, diejenigen, die all diese Opfer gebracht und all diese Schuld auf sich genommen haben. Ich bin nichts weiter als eure bescheidene Marionette, gehöre in Gänze dem Willen des Volkes, denn es ist auch der meine. Die Idee von Gleichheit und Gerechtigkeit, von Freiheit und Frieden, das ist das wofür wir kämpfen und dafür danke ich euch."

Ein Beben geht durch die Reihen, es dröhnt im Chor:

„Und wir dir!"

Die Entität fährt fort. „Wir sind die Geißel unserer selbst, wenn wir nicht zulassen, dass unsere Träume und Visionen uns leiten, dass wir zueinanderstehen, zu uns selbst und zu Republika. Dafür kämpfen wir und dafür sind wir bereit zu sterben."

Die Menge bricht in lauten Jubel aus und klatscht, dass es klingt wie ein Trommelfeuer.

„Insbesondere", er unterbricht die Meute. „Insbesondere gilt mein Dank und ich denke auch der eure, den tapferen Männern und Frauen, die sich dem Feind, der in Utopia einmarschiert ist, entgegengestellt und ihn vertrieben haben, auf dass er in alle Ewigkeit im Hinterland, in seinen eigenen Fäkalien verrottet!"

Die Menge applaudiert begeistert, nur Daniel ist wieder einmal pedantisch, von einem Sieg Republikas könne keine Rede sein, denkt er sich.

„Nun möchte ich diese Helden auf die Bühne bitten. Er fängt an, sie nacheinander aufzurufen. Daniel ist der siebte in der Schlange. Nach und nach werden die zum Teil schwer verletzten Männer und Frauen unter lautem Applaus auf der Bühne empfangen. Sie alle werden von der Entität abgefertigt, sie bekommen eine Medaille und einen kühlen Handschlag.

„Michael Stanford"

Daniel geht los. Namen sind bloß Schall und Rauch in Republika, das weiß er jetzt und so hört er auf seinen neuen. Er tritt an die Entität heran, unter den tausenden Augen der Zuschauer, und lehnt sich nach vorne, um die Medaille entgegen zu nehmen. Dann stellt er sich wieder aufrecht hin und schaut in die Augen des alten Mannes, sie wirken leer, nahezu bedauernswert. Es ist als würde er in einen Spiegel blicken. Er reißt sich die Medaille mit einem Ruck vom Hals und lässt sie zu Boden fallen. Die Menge ist empört.

„Ich erinnere mich an dich", gibt die Entität lächelnd von sich.

„Du bist der Typ, der seine Frau hat krepieren lassen, das war vor vier Jahren, nicht?"

Daniel schaut ihn regungslos an.

„Ah, richtig, du wirst dich wohl kaum noch erinnern können." Die Entität lacht, „aber das willst du ja auch gar nicht", ergänzt er.

Daniel ist still.

„Vier Jahre. Was hast du mit all der Zeit angestellt? Denk doch mal nach, was hast du gestern gemacht? Die letzte Woche? Oder letztes Jahr?" Er wartet einige Sekunden ab, aber Daniel reagiert nicht. „Geht nicht, was? Ach, wie die Zeit verfliegt… ." Die Entität wird laut, er brüllt Daniel an.

„Öffne deine Augen, Daniel! Akzeptiere endlich dein Schicksal. Hör verdammt nochmal auf davor weg zu laufen, du kannst ihm nicht entkommen."

Ein hysterisches Lächeln bricht durch Daniels Gesicht, obwohl er viel lieber weinend zusammenbrechen würde.

„Du und alle anderen Menschen", er wendet sich zum Publikum. „Ihr schmeißt eure Leben weg, als bedeuten sie euch nichts. Bin ich nicht euer Mentor? Der Hirte all eurer verlorenen Seelen? Meine Berufung ist es euch zu behüten. Habe ich je etwas anderes getan?"

„Nein, Herr!" dröhnt es aus den Reihen.

„Warum tust du mir dann so etwas an, Daniel? Republika ist ein lebender Organismus, es ist mein Kind und du", er wendet sich wieder zu Daniel und spricht ihn direkt an, „du bist nichts weiter als ein Fehler. Mein größter Fehlschlag, undankbar und eine Schande für mich und für alle anderen."

Die Entität beruhigt sich wieder, als wolle er bereuen, Daniel so harsch angegangen zu sein.

„Wir tun alle nur unseren Part. Jeder führt seine eigenen Kriege, jeder hat seine eigenen Dämonen, die ihn begleiten und die ihn antreiben. Du darfst dich ihnen bloß nicht ergeben, Daniel."

Daniel geht einen Schritt auf die Entität zu.

„Was hast du jetzt vor mein Junge? Was denkst du wie das hier enden wird?", gibt der alte Mann von sich ohne einen Zentimeter zu weichen.

Daniel schließt ihn in seine Arme. Dabei flüstert er ihm ins Ohr.

„Hast du dein Leben gelebt?" Er zieht einen goldenen Revolver aus der Tasche und reißt dabei ein paar Pillen mit, die er sicherheitshalber immer mit sich führt. Sie fallen zu Boden. Es herrscht solch eine Stille, dass man sie noch auf den billigsten aller Plätze von der Bühne kullern hören kann.

Er hält den Revolver an die Schläfe der Entität. Daniel hat die Trommel seiner Waffe mit zwei Patronen gefüttert, mehr wird er nicht brauchen. Die Menge springt auf. Einige zücken ebenfalls ihre Waffen und zielen auf Daniel. Die Entität hebt seine Hand mit einer besänftigenden Geste in Richtung des Publikums.

Der alte Mann greift langsam um Daniels Hand, die schwitzend am Abzug des Revolvers liegt. Mit einem Wisch bringt seine andere die Trommel in Rotation.

Er drückt ab.

Unmittelbar nachdem der Hammer fällt, hagelt es Kugeln aus dem Publikum auf die Bühne. Die Türen werden eingetreten und ein Trupp bewaffneter Männer stürmt den Saal.

Es ist der Feind.

Es war eine warme Frühlings Nacht, wärmer als sie für gewöhnlich zu dieser Jahreszeit waren, in der sie ihr Lager in einem der vielen Wäldern der Region verlassen mussten, um dem Treiben in Utopia, der letzten Stadt die noch unter Kontrolle Republikas stand, endgültig ein Ende zu bereiten.